神探Z卿

張保仔奪寶

徐振邦 著

推薦序
吁，萬幸，救回《神探二號之張保仔奪寶大戰》　　　阿谷

徐 Sir 送我新作《神探二號之張保仔奪寶大戰》，翻看之後，但覺文風流暢，充滿動感，正要聯絡他稱讚一番時，接到一通緊急電話，只好放下書馬上出門。處理事情完畢，回到家——咦！書呢？神探呢？

每一個角落，每一寸地方都搜索過了，一無所獲。只賸一個地方，就是環保露台。環保露台是主子的私貓空間，等閒之輩如我一個奴才，當然不敢擅闖。可是，萬一，真的是萬一，主子忽然對新書要慧眼一盼呢！只好硬着頭皮，走去主子的私貓空間。

哎呀！果然！不幸！而且——兩隻前爪緊緊抓住新書，令我心跳更加加速的是，最有力的一個指頭，尖峰精準地壓着徐振邦的「徐」字。咦！除之而後快？

我強自鎮定，喚了一聲「主子」——

抬頭，凌厲的目光，面容發紫。「他要寫偵探小說？」主子問。「不可以？」我還未掌握到重點。「他不是香港歷史文化專家嗎？為甚麼掉下本行做起神探來了？」我心想，沒有啊，書中有大量歷史資料，簡直就是一本簡易香港地方誌。我小心翼翼問：「你略略翻看過嗎？」「略略啦，如你所言，略略啦……看到他說摩羅街又叫貓街，看不下去了，豈有此理——」

哦！有頭緒了。我寫了一系列以貓為招徠的推理小說，徐Sir 成了搶地盤的嫌疑人。主子這樣愛護奴才，令奴才大為感動。我俯下身，向主子卑躬屈膝，一面瞄向……目的只有一個，要救回新書於爪下。

「一開始，徐 Sir 已經説明了，他要向香港電影致敬。」我向主子解釋。「有嗎？我沒有留意——」「你沒有留意是可以理解的；香港電影，是我和徐 Sir 這一代人的成長養分和集體回憶。」「這麼嚴重？」主子一面聽，爪子有些鬆動了。我立時想起一些電影趣事可以博主子一笑。

「你知道神探一號是誰？」「誰？」「就是做《如來神掌》的曹達華，他左看右看都不像大俠，更不似司馬華龍做神探的威風。有一集《如來神掌》，他和飾演師妹的于素秋要去刺探敵人的底細，師妹于素秋説，她會女扮男裝掩人耳目，大俠曹達華想一想，説：那麼，我就假扮你的書僮啦。誰知師妹馬上反對，説：你玉樹臨風，這樣英俊，沒有人會相信你是書僮。」「哈，的確好笑！」主子歡顏啦，坐起身伸懶腰。「還未到戲肉呢！」我續道：「大俠恍然大悟，回應説：咁又係喎！」「哈哈！哈哈！」主子在地上翻滾，喘不過氣，把整本書埋在他身下。

過後，主子問：「于素秋漂亮不漂亮？」「説是標準美人又談不上，反正上鏡好看，因為是北方人，身材高大，古裝時

裝女俠造型一流。他爸爸于占元是北派武學大師，元字派的武俠明星、武術指導全是他的徒弟。多人的功夫，眾人的汗水，是銀幕前看不到的。然後，夢工場誕生了，星光伴我心。徐 Sir 要向香港電影致敬，我百分之二百同意。要知道一本書好看不好看，不是為寫而寫，還得看作者的誠意。」

主子貓眼一瞄，道：「好像很了解——」主子想不起作者名字，身子稍為移一移，隨即又坐下。「你說徐振邦？」我討好的為主子解困，續道：「怎麼說呢！相識多年，多番合作。」「合作？」我點頭，道：「讓我數一數，合作出版的書包括《捐窿捐罅香港地》、《我哋當舖好有情》、《我哋涼茶係正嘢》。」「那麼說，你們是朋友啦！」「我更喜歡用『文』友來形容我們的友誼。就是說，朋友之間多了一種不能缺的元素：書。要知道，在這個 AI 年代，書好比朋友的珍貴。有對書不離不棄的作者；對書不離不棄的出版社；對書不離不棄的讀者，夫復何求。」「所以，你會鼓勵他寫偵探小說？」我舉手：「當然！」

然後，主子問了一個非常哲學的問題：「你期待他第二第三本偵探小說嗎？」嘩，回答這條問題可要小心，關乎爪下神探二號的生死。若說非常期待，會惹來主子的嫉妒；若說不期待，又會惹來主子對徐 Sir 的不屑——我稍為定一定神，以最誠懇的態度回道：「是期待的，一位真誠的作者，作品只會愈寫愈

得心應手。以第一部偵探小説來説，稍為龐雜，有點令讀者頭暈轉向，不過，這是無法避免的過程，因為是一個基礎。到了第二部，會聰明地選一個地方，一個人物來發展，這樣，故事會更曲折，人物會更立體，又可以將歷史文化自然地融入其中。《神探二號之張保仔奪寶大戰》提到葉靈鳳，讓我想起不少大作家曾經寄寓香港，例如張愛玲、魯迅、許地山等，又扯出了香港大學、淺水灣酒店……」

語音未畢，主子已經急急追問，神情充滿期待：「你覺得他寫得到？你肯定？」「我肯定。」

主子揮一揮尾巴，告別露台，不帶走一條貓毛。「處理一下我的毛髮才放上書架。」我連聲答應。

望着他遠去的背影，抹一把汗。吁，萬幸，救回《神探二號之張保仔奪寶大戰》。

序

徐振邦

我一直想寫一本關於香港歷史的故事書，然而，坊間已有不少這類作品，有單元故事，有連續故事；有穿越，也有現場實景；有單行本，亦有一套多本。如果我要寫一個與眾不同的故事，該如何入手呢？

我嘗試把相關的元素聯繫在一起，看看能否構成新的寫作方向。首先，我覺得故事要有偵探或冒險成分，可以令故事內容更緊湊，而不是平鋪直敘式的說教內容。另外，故事要有一定分量的歷史資料作佐證，以故事形式說歷史時，儘量揭示歷史的原貌。當然，為了凸顯故事有足夠的香港歷史味道，我還想加入香港粵語長片的片段，讓讀者——尤其是年輕讀者，認識香港舊電影之餘，也可以向一眾粵語長片從業員致敬。

就是這樣，《神探二號》的故事方向，終於有了雛型。

這本書的主題之所以擬定為張保仔，是因為張保仔是一個較多人知道的人物，對張保仔的傳說也會略知一二。而在我的構思中，張保仔是《神探二號》的其中一個故事，日後會推出更多有趣的香港故事，成為一個以香港歷史文化為題的系列。

我希望讀者喜歡這本張保仔的故事，更希望讀者在閱讀時，學習到更多歷史知識。

角色簡介

任飛龍

文武雙全，兼有勇有謀，職業是私家偵探，因曾屢破奇案而得名「神探二號」。近年，任飛龍主要調查與香港歷史文化有關的案件，是香港著名的神探。

鄔雅

鄔雅是她行走江湖的綽號，原本姓名不詳，是任飛龍的女助手。據說，她是女俠鄔雅的承繼人，而初代鄔雅本尊就是女俠黃鶯的同門姊妹。

飛鳳

本名不詳，江湖中人都說他是任飛龍的親生弟弟。飛鳳行蹤飄忽，神出鬼沒，往往在重要關頭才出現。傳聞飛鳳一名，是來自他最喜歡的粵語長片中的英雄人物。

司馬Sir

任飛龍的好朋友，因仰慕粵語長片中的「四大探長」司馬華龍，決定在父母的極力反對下，不僅把原有的名字改成華龍，甚至連本姓也不要，還自稱姓司馬。

堅叔

古董文物販賣商，也是黑市文物交易場的幕後黑手。他在上環摩羅上街開設文物古玩店「鑑珍樓」，是城中有名的交易場所。由於他經常處理不法交易，許多人都稱呼他做「奸人堅」。

目錄

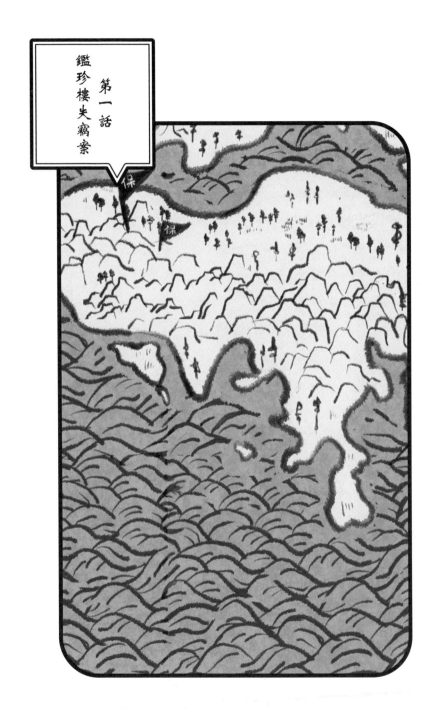

第一話
鑑珍樓失竊案

深夜二時。

位於「貓街」的一幢商業大廈十二樓，防盜警鐘響了起來。

這道警鐘聲劃破了寧靜的夜空。

十二樓的商戶是一間國際知名的文物拍賣行，叫「鑑珍樓」。許多稀世珍品都是經鑑珍樓流入民間古董收藏家的手裏。當然，最重要的，是為數不少的國寶級古董文物，從地下市場流入鑑珍樓，再經黑市買賣，成為各地富商的收藏品。說穿了，這裏就是文物走私的總部。

無論是以合法的形式，還是用非法的途徑，從鑑珍樓流出的文物，真是多不勝數。在鑑珍樓內，長期擺放着大量古董文物。據說，鑑珍樓所收藏的文物，不亞於一間中型博物館。這個文物寶庫並不對外開放，除了相熟的達官貴人可以成為獲邀的嘉賓外，一般人是不可能目睹展覽館內的珍品。

鑑珍樓內的文物價值連城，可稱得上是一個小金庫。亦是這個原因，鑑珍樓安裝了先進的保安系統，就連把守大門的職員，都是懂得舞刀弄劍的高手，並非一般的老人兵團。因此，要是遇到世紀賊王到訪，大概也只能望門興嘆。確實，鑑珍樓開業半個世紀以來，並沒有失竊記錄。這夜鑑珍樓的警鐘大鳴，為上環添上了幾分緊張的氣氛。

由於鑑珍樓的警報系統連接了保安公司，而保安公司的訊號能迅速傳送到警署，所以，警鐘剛響起，中區警署已有所行動，警方即時透過無線電通知了在「貓街」附近巡邏的

警員，以及在中上環一帶值班的衝鋒隊。於是，正在附近執勤的警員，無不趕到鑑珍樓進行調查。

「鑑珍樓有失竊案件？那真是天下奇聞了。」剛在德輔道中巡邏的衝鋒隊隊員 A 說，「這是警鐘誤鳴吧？」

「說不定，真的有賊王想挑戰鑑珍樓的保安系統呢！」衝鋒隊員 B 笑着說，「姓葉的，還是姓張？」

「我們快點趕到現場了解，就知道答案了。」衝鋒隊警長司馬 Sir 冷靜地說，「大家不要掉以輕心，途中，可能會遇上在逃匪徒，各位要打醒十二分精神。」

「Yes，sir。」衝鋒隊警車 EUHKI1 由德輔道中高速駛向摩羅上街。

「貓街」，正確的名稱是摩羅街，而摩羅街分為上街和下街，兩條街被樂古道分隔，彼此並不相連；上街和下街都是行人街道，車輛不能駛入。鑑珍樓位於摩羅上街，所以 EUHKI1 要到鑑珍樓，警員只能從樂古道或荷里活道下車，再步行到鑑珍樓。

不消三分鐘，EUHKI1 已駛至荷里活道及樂古道交界處。衝鋒隊隊員下車後，準備跑到鑑珍樓所在的大廈。然而，在大廈外，已經有大批記者圍着鑑珍樓的樓主堅叔。

「香港的記者真是神通廣大，竟然比衝鋒隊還要早來到現場。」隊員 A 說，「他們不應該只是神行太保，準確來說，是神通廣大。」

「無論記者有多麼厲害，還不及樓主堅叔。」司馬 Sir 盯着鑑珍樓樓主説，「這個聲名狼藉的商人，不僅親自來到現場，還要比我們早到。如此看來，這肯定是一起重大案件。」

隊員 B 笑着説：「司馬 Sir 又嗅到罪惡的味道了。」

「不要説笑了，開始調查吧！」

「Yes，sir。」

司馬 Sir 下達命令後，幾位隊員分頭行事；而司馬 Sir 則打算親自去見樓主堅叔。

樓主望着從遠處跑來的司馬 Sir，面上的肌肉變得繃緊起來，但他仍不忘展露出他那把甚有磁性的奸笑聲：「哈～哈～哈。司馬 Sir，今次勞煩你了。要你白走一趟，實在抱歉。」

「堅叔，鑑珍樓發生了事，我按指示來調查，怎會是白走一趟呢？」司馬 Sir 回應。

「沒事……沒事發生……這只是警鐘誤鳴。」

「警鐘誤鳴？」

「對。我估計是保安系統發生故障，現在已有工作人員進行搶修，應該很快就能處理好。」

「鑑珍樓聘用一流的保安公司，加上擁有最先進的警報系統，怎可能有問題呢？」

「關於這點，我還是未清楚來龍去脈，待我了解後，再

鑑珍樓失竊案

向你交待吧。」堅叔對司馬 Sir 説，「你放心吧。哈～哈～哈。」

「堅叔，還有一件事：你是否預先知道今晚有警鐘誤鳴？為甚麼在深夜時分，你在這裏出現呢？」司馬 Sir 擺出一副審問犯人的態度説。

「司馬 Sir，你真的會説笑話，我怎可能預先知道有警鐘誤鳴的事？剛才，我跟同事忙了一夜，然後幾個人去了吃夜宵。夜宵後，我和其中兩位同事打算返回公司，為明天的拍賣會做最後準備。」樓主解釋説。

「明天的拍賣會有大買賣嗎？怎麼要你親自打點？」

「我只是喜歡親力親為而已。明天在鑑珍樓拍賣的，都是一般物品，比較矚目的，有一件唐三彩，一幅顏真卿的墨寶；至於我自己較為喜歡的，是饒宗頤教授的作品。你知道嘛，最近有很多買家想要饒公的書法，我估計，這幅墨寶，可以賣到好價錢……」

「饒教授的作品賣得如何，能否以高價售出，我有時間再向你討教吧。」司馬 Sir 搶着説，「我想知道，你剛才所説的文物，有失竊嗎？」

「文物放在夾萬內，應該是安全的。這個誤鳴的警鐘是連着大門的警報系統，並不是夾萬的警報。現在，我的同事正在十二樓進行點算，看看有沒有其他物件損失。」

「好的。」司馬 Sir 説。

這時，重案組的警車也趕到現場，準備接管案件。

EUHKI1 的隊員跟重案組交接了工作後，繼續巡邏工作。站在一旁的司馬 Sir，利用如鷹眼的目光捕捉獵物一樣，在鑑珍樓樓下的圍觀人群中，鎖緊了一個穿着黑色上衣、戴着鴨嘴帽的人。

司馬 Sir 慢步移動到黑衣人前説：「這裏的貓餌很香吧，竟然能把大名鼎鼎的任飛龍也吸引來了。」

「這裏有貓餌嗎？我不知道。」任飛龍笑着説，「我覺得，司馬 Sir 一定是嗅到罪惡的氣味了。」

「你不要跟我來這套了。你快點説，這裏發生了甚麼事？是不是發生了大案件？你掌握到甚麼線索？」司馬 Sir 連珠發砲，向任飛龍不斷提問。

任飛龍冷冷地回應説：「調查案件，是警方的工作，我只是路過這裏的小市民，怎可能知道發生甚麼事呢？」

「如果是小市民，就應該在牀上就寢，又怎會在深夜時分經過案發現場？」司馬 Sir 對任飛龍説。

「失眠，所以我才在街上走走而已。難道你沒有試過失眠嗎？」

司馬 Sir 又再掃視四周説：「這裏有大案件，不會只有你一個人在現場的，你的女助手呢？」

任飛龍指東指西，亂説一通：「這裏有很多人，但沒有一個是我認識的。你不相信的話，可以問問他們。」

「無論你怎樣說，我也不會相信的。」司馬 Sir 繼續說，「如果給我知道你知情不報，我一定會找你算帳的。」

任飛龍笑了笑，沒有回話。

「那麼，現在我請你到警署協助調查，讓你好好休息四十八小時。」司馬 Sir 板着臉說。

「你不用擔心，」任飛龍說，「我向來是支持警民合作的。」

「既然如此，你應該把所知道的，清清楚楚的跟我說個明白。」

「這裏說話不方便。」任飛龍低聲說。

「怎麼會說話不方便？如果是非法勾當，你更應該要說出來。這樣，才算是警民合作。」

「你想要知道的事，我會告訴你的⋯⋯」任飛龍轉身就走，「一會兒，早上七時，老地方見吧。」

歷史導賞

貓街（摩羅上街）

貓街，正式的名稱是摩羅上街。所謂「摩羅」，是指印度籍的士兵。香港於開埠初年，政府聘用了不少印度籍人士擔任警察，而這些警察會在那裏集結，摩羅街因此得名。至於稱之為貓街，是因為早期的摩羅街，有不少「老鼠貨」（賊贓）出售，而買「老鼠貨」的人，就像貓捉老鼠一樣，所以稱為貓街。

根據香港旅遊發展局的網頁顯示，對摩羅上街和貓街，有這樣的說明：

來到摩羅上街，您或許會看到七十年代的電影海報、舊月曆、舊報紙雜誌。而要介紹摩羅上街這個售賣古董雜貨的地攤小街，可以從街道名稱背後的故事開始。摩羅上街的「摩羅」，是過往香港人對印度人的稱呼。香港開埠初期，不少香港警察都是印度人，他們在警察局附近的摩羅上街擺地攤，售賣二手貨品，所以這裏就叫「摩羅上街」，英文街名則是 Upper Lascar Road（Lascar 即印度士兵）。

提起摩羅上街的英文街名，其實還有一個，就是 Cat Street（貓街）。或許您馬上會想到這裏就是一條售賣貓咪的街，那您就錯了。其實，Cat Street 名稱的由來，是因為老鼠。是的，沒有錯，是老鼠。這是因為香港人稱偷來的貨物為「老鼠貨」，聽說這裏過往有些賣「老鼠貨」的店鋪，而來這裏買東西的客人，自然就是「貓」了，所以這裏又稱

Cat Street（貓街）。

現在，摩羅上街已沒有印度警察，賣的東西也不是老鼠貨。不過，您還是可以到這裏的小地攤、小店鋪來，如同機靈的貓兒一樣，四處尋寶！毛澤東襟章、古代鼻煙壺、民族風的首飾等等，都應該是一眾「佻皮貓」的最愛。

衝鋒隊

又名 EU，是警隊內的衝鋒隊 Emergency Unit 的英文簡稱。EU 於 1927 年成立，目的是要處理小型騷亂、罪案和天災。衝鋒隊隸屬於各個陸上總區的行動部，現在全港五個陸上總區都設有衝鋒隊，分別是港島總區、東九龍總區、西九龍總區、新界北總區和新界南總區。每當有事故和罪案發生，衝鋒隊都會第一時間趕到現場，處理案件和維持秩序。

饒宗頤教授（1917-2018）

香港著名的國學大師，於 2000 年獲頒大紫荊勳章。

饒教授的研究領域很廣泛，包括中國研究、東方學及藝術文化等，並得到很大的成就。他的著作甚多，出版的專著逾八十種，所發表的論文達一千多篇。饒教授跟內地著名的國學大師季羨林齊名，有「南饒北季」之稱。此外，饒教授也擅長書畫、詩詞、古琴等，在不少範疇都有很高的藝術水平。

世紀賊王

　　約在二十世紀八十至九十年代的香港，曾發生幾宗重大的案件，其中以張子強為首的犯罪集團，所犯下的案件最為矚目，被外界稱為「世紀賊王」。另外，除了張子強外，還有兩個同時期的大賊——葉繼歡和季炳雄，合稱為「香港三大賊王」。

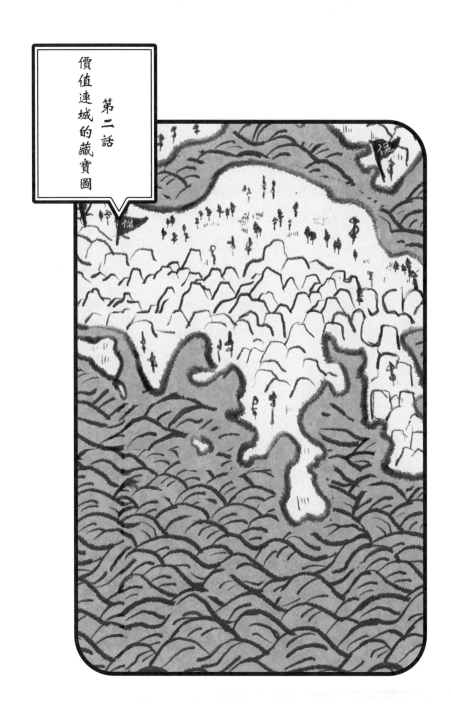

第二話
價值連城的藏寶圖

平日的中環，人多車多。

早上有上班族，晚上又有愛「蒲」人士集結在蘭桂坊一帶，加上有無數的訪港旅客，把中環拼湊成熱鬧的畫面。

儘管中環是全日無休，但在繁華背後，也有寧靜的時候。於清晨時分，在中環走動的人不算多，而路過的人，幾乎都不是匆匆忙忙的。這算是中環難得一見的清靜時刻。

司馬 Sir 從皇后大道中轉入士丹利街，來到了陸羽茶室。

陸羽的經理上前招呼他：「司馬 Sir，你一個人嗎？」

司馬 Sir 不是陸羽的熟客，但他在中上環一帶巡邏多年，也認識了不少區內的街坊；而且，每次司馬 Sir 跟任飛龍見面，一定相約在陸羽。因此，陸羽就是他們所謂的「老地方」了。

「不，我有朋友在那裏了。」司馬 Sir 指着大廳中間的一張小圓桌，任飛龍已在那裏等候。

「司馬 Sir，這裏坐吧。」任飛龍見到司馬 Sir 進入了陸羽，馬上起身招呼他，「我已點了幾個星期美點，你慢慢享用吧。」

司馬 Sir 依然是板着臉，毫不客氣地說：「如果你沒有給我滿意的答案……」

任飛龍笑了笑說：「我們是好朋友嘛，不要裝着這副嘴臉。」

「我是兵，你是賊，怎可能是好朋友？」

「對……對，你是兵，」任飛龍摸摸自己的頭，「但我可不是賊呢！」

「如果你不是犯了法，怎會被革職？如果你不是賊，是甚麼？」司馬 Sir 嚴肅地說。

「好的，好的，我是被革職的。至於我是不是賊，待你找到罪證再說我是賊吧。」任飛龍依然掛着輕鬆的笑容，然後拿起茶杯，「現在不要動氣，喝茶吧。」

司馬 Sir 拿起茶杯，呷了一口茶。

「剛才鑑珍樓究竟發生甚麼事？」司馬 Sir 斬釘截鐵地問。

「失竊案。」

「失竊案？」

「有人成功潛入了鑑珍樓，在偷取物品後，還主動觸動警鐘的。」

「誰有這個本領？」

「不知道。」

「有物件失竊嗎？」

「有的，是一幅地圖。」

「地圖？」

「可能是藏寶圖。」

「藏寶圖？現在是廿一世紀了，還有甚麼寶藏？你在跟

我開玩笑嗎？」

「詳情我也不知道。」

「那麼，為甚麼樓主沒有報告有物品失竊？」

「這幅地圖是見不得光的文物，他又怎會告訴警方呢？」

「原來又是一件走私文物。你是怎樣知道有失竊案發生的？」

「你看看片段吧。」

任飛龍拿出平板電腦，並把螢幕移到司馬 Sir 面前，然後按了一下鍵，播放了一段鑑珍樓內的片段。

片段清楚看到一個蒙面的賊人在偷取一件物件後，打開了大門，並對着閉路電視揮手；片段還拍下了賊人有意觸動警鐘的動作。

「這個片段應該連警方也沒有吧……」司馬 Sir 望着任飛龍説。

「鑑珍樓有幾個隱藏了的閉路電視，」任飛龍把平板電腦移到自己面前，「樓主不會向警方主動投案，又怎會把片段交給警方？」

「你還有其他片段嗎？」

任飛龍擰擰頭：「其他片段並不重要，只有這個片段才可以清楚看到賊人。」

司馬 Sir 捉住任飛龍的手説：「你馬上播放所有片段給

我看。」

任飛龍想掙脫司馬 Sir 的手：「不！」

司馬 Sir 仍不肯放手，說：「你非法入侵他人電腦，已經可以控告你不誠實使用電腦了。」

「片段是一位電腦駭客給我的，並不是我入侵鑑珍樓的閉路電視。」

「誰？」

「就算你知道也沒有用。難道你夠膽拘捕這個國際級的知名駭客嗎？要是他被捕，他的團隊馬上會發動網絡攻擊，那時就不堪設想了。」任飛龍冷冷的說。

「你是在威脅我嗎？」

「我只是在提醒你而已。他有能力操控世界上任何一台電腦的滑鼠，還有，他是亞洲最活躍的地下駭客組織的領隊……」

司馬 Sir 放開了手，警告他說：「我暫時放你一馬，但你不要太過放肆。」

任飛龍「哼」了一聲，似乎對司馬 Sir 的警告，毫不在乎。

「言歸正傳，你怎麼會在現場出現？」司馬 Sir 對任飛龍說，「你是否早就知道有案件發生？」

「當然不是。」

「關於你在案發現場的事，應該能夠給我解釋吧。」

任飛龍點了點頭：「早前，有買家想以天價購買這幅被

偷走的地圖，但遭到鑑珍樓樓主拒絕。我對這個傳聞感到興趣，估計將會有事件發生，所以，我在鑑珍樓附近潛伏了好幾天。結果，果然給我猜中了，真的有人到鑑珍樓偷地圖。」

「天價？」

「五億美元。這個數字，也算是天價吧。」

「誰出價五億美元？」

「一個叫 Tony Cheung 的美籍華人。」

「你有 Tony Cheung 的個人資料嗎？」

「我只找到這些……」任飛龍再次展示平板電腦。

「Tony Cheung，美籍華僑，商人。」司馬 Sir 讀着電腦上的資料，「只有這些資料？」

任飛龍補充說：「我未能掌握他的詳細資料，也找不到他的相片。」

「能付出五億美元的，肯定不會是普通人，怎可能找不到 Tony Cheung 的資料？」司馬 Sir 說。

「這個人應該是用了假名，」任飛龍指着平板電腦，「所以，連駭客也未能找到這個人的信息。」

「一個花五億美元但用假名的人，箇中一定有不可告人的秘密，你有甚麼頭緒嗎？」

任飛龍呷一口茶，沒有回答。

「你叫我來這裏，應該還有其他資料可以給我吧，你沒有理由要我空手而回。」司馬 Sir 語氣有點不滿。

「這次事件，是賊人早有預謀的。他按動警鐘前，已通知了傳媒，所以，大批記者早就來到現場了。我估計，匪徒製造了混亂的場面，方便他趁亂逃走的。」任飛龍繼續說。

「原來如此。怪不得記者比衝鋒隊還要早到達現場。」

「你還想知道甚麼？」任飛龍一副輕鬆的模樣，一邊吃蝦餃，一邊對司馬 Sir 說。

司馬 Sir 想了一想：「既然 Tony Cheung 出價五億美元，為甚麼鑑珍樓不肯把地圖賣給他呢？」

任飛龍仍是邊吃邊說：「或許，另有買家出價高於五億美元，還有可能是：寶藏價值遠遠高於五億美元。」

「你的答案似乎是在敷衍我呢。」

「我把所知道的事，全告訴你了。」

「是嗎？」司馬 Sir 又變得不耐煩了，「這個資料對我了解案情似乎沒有太大幫助呢！」

「怎會是沒有用的資料？我可以肯定，許多人都想得到地圖，所以……」

「所以還有人想去偷地圖？」

任飛龍輕輕點了頭。

「被偷走的地圖有甚麼特徵？」

「據說，地圖上有一個『保』字。」

「『保』？這個字是甚麼意思？」

「我傳了一些資料給你，你看看有沒有用？」任飛龍按了鍵盤上的幾個鍵，然後關上了平板電腦。

司馬 Sir 拿出手提電話，收到一條由任飛龍傳來的信息。

「我們面對面説話，為甚麼還要傳信息……」司馬 Sir 開啟信息，一堆文字馬上顯示出來，「長洲女警黃娣妹因駕快艇出海追捕賊王遇上水龍捲，時空交錯被帶回二百年前的清朝，遇上紅旗幫海盜張保仔和十一貝勒旻皓，娣妹正氣凜然，常利用電子書的歷史資料穿梭兩派，令各人化險為夷……張保仔希望陪娣妹一同回到未來，竟遇上暹羅海盜首領烏素娜苦纏……」

花了約兩分鐘時間才讀完信息的司馬 Sir，一臉茫然地説：「這是甚麼資料？這是……是電視劇《張保仔》的劇情簡介嗎？我對歷史片集沒有興趣呢！」

正當司馬 Sir 抬起頭，想問個明白時，方知道任飛龍已無聲無色地逃走了。

這時，陸羽的經理走到司馬 Sir 面前：「你的朋友已經走了，這裏是……」

司馬 Sir 接過了賬單：「知道了，知道了。他走了，要我買單吧。」

「是的。」

「每次都是這樣子的……」司馬 Sir 取出錢包，「他有沒有説要到哪裏？」

價值連城的藏寶圖

「在你未來到之前，他說過要趕船入長洲。」

「長洲？剛才那段文字也是講長洲的……」司馬 Sir 自言自語，「長洲……長洲……片段……電視……劇集……莫非，藏寶地圖上的『保』字，是跟張保仔有關？」

歷史導賞

蘭桂坊

是香港的特色旅遊景點之一。

據說，早於十八世紀，這裏俗稱為「爛鬼坊」，因洋人經常在這裏醉酒鬧事而得名。後來，覺得名字不雅，才易名為「蘭桂坊」。

1978 年，蘭桂坊開設了一間的士高「Disco Disco」，創辦人是 Gordon Huthart。由於受到不少名人、藝人的支持，馬上成為一間在港聞名的娛樂場所。雖然「Disco Disco」於 1986 年結業，但在盛智文的大力發展下，蘭桂坊終於成為了香港著名的特色街道。

早於 1984 年，有「蘭桂坊之父」之稱的商人盛智文，有感在香港生活的外國人欠缺社交場所，於是，投資了三千二百萬港元，購入加州大廈，並將大廈翻新成西式餐館。自此，蘭桂坊一帶的食肆、酒吧，也越開越多。

於節日期間，不少人喜歡在蘭桂坊慶祝。1993 年元旦，因遊人太多，終發生了人踏人事故，釀成廿一死六十三傷的嚴重事故。

陸羽茶室

由馬超萬及李熾南於 1933 年 6 月 11 日創辦，至今已有超過九十年歷史，是中環的舊式茶室。茶室開業時，鋪面位

於永吉街，於 1976 年才遷至士丹利街現址。茶室仍保留着舊式的裝潢，洋溢着 1960 年代的老香港氣氛，是香港現存少數的舊式茶室之一。

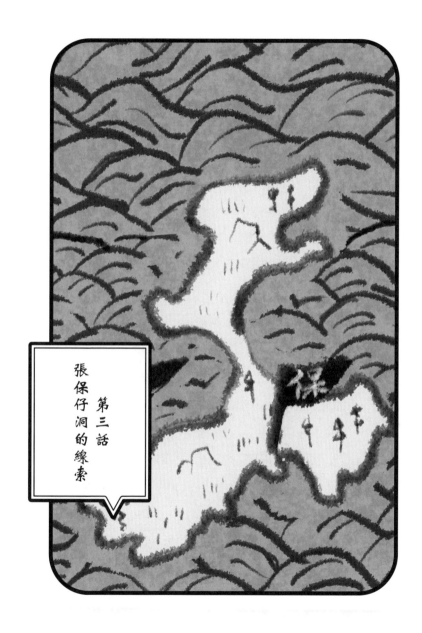

第三話
張保仔洞的線索

長洲，又稱啞鈴島，面積約二點四六平方公里，距離香港島西南約十公里，屬十八區中的離島區。從中環五號碼頭可乘搭渡海小輪到長洲，普通可載貨的輪船，票價較便宜，船程約一小時；而高速船的票價較昂貴，但航程快得多，約三十分鐘就可到達小島。

香港開埠初期，長洲約有六百餘戶。根據香港的人口統計資料顯示，1930 年代的長洲，人口約有七千。戰後，有大批難民湧入長洲，到1980 年代後，人口才有回落趨勢。這時，許多島上的居民要外出謀生，住在長洲的確是有點交通不方便，居住人口有明顯的下跌。現時，長洲人口約有兩萬，是離島區人煙最稠密的島嶼。

任飛龍悄悄地離開了陸羽茶室，並留下了要到長洲的信息。司馬 Sir 心想：「他是有意要我到長洲走一趟嗎？」

司馬 Sir 透過手提電話下載了由中環到長洲的船期表：「早上八時四十分有一班往長洲的高速船……距離開航時間還有十分鐘；之後是九時正，有可載貨的渡輪。」司馬 Sir 查了船期表，馬上離開陸羽茶室，急步向中環五號碼頭進發。

雖然還未到九時，但中環已擠滿了上班族，跟剛才人流不多的情況有天壤之別。司馬 Sir 只有十分鐘時間，要在人群中左穿右插，根本不可能趕到碼頭。結果，一如所料，司馬 Sir 由士丹利街，經德己立街轉入戲院里，穿過德輔道中，登上環球大廈旁的行人天橋，然後一直跑。當他跑到碼頭時，只能望着高速船駛離碼頭。

「沒法子了，趁有點時間，整理一下資料吧。」司馬 Sir 坐在碼頭等待渡輪時，想重整案情。

司馬 Sir 用手提電話上網搜尋「長洲」、「張保仔」等重要詞語，顯示了很多資料：

張保仔是清代嘉慶年間的著名海盜，活躍於粵東一帶。長洲西灣有一個天然山洞，相傳是張保仔躲避朝廷追捕的藏身之所，也是收藏寶藏的秘密地點。這個洞穴，被人稱為「張保仔洞」。

「這個很有名的張保仔洞，我其實沒有去過呢。」司馬 Sir 心想，「張保仔洞在長洲西灣，應該不難找吧？」

司馬 Sir 在登船後，仍在搜尋張保仔洞的資料。他在一位 YouTuber 介紹長洲的片段中，找到一些疑似是有用的信息：「在渡輪碼頭旁，有一個公眾碼頭，碼頭有一條街渡航線，是往西灣張保仔洞。船程只消幾分鐘。若有需要，也可直接聯絡船家，船家叫華勝街渡，遊客收費是五元，街坊收費則是三元。」

另外，在香港旅遊發展局的網頁裏，也找到張保仔洞的資料，寫着：

香港有多個與張保仔有關的景點，其中以張保仔洞最為人所熟悉。張保仔是清朝的海盜，活躍於南中國海一帶，據說當時他的船隊有六百艘船隻以及五萬人，主要劫掠官船或外國貨船，並以劫富濟貧為人所樂道。後來，清廷招安誘降張保仔，任命他為海軍軍官。

張保仔洞位於長洲之上，傳說這裏就是張保仔的藏寶洞。看到這裏，大家先不要準備挖掘工具，因為現在洞內已空無一物。到這裏來探險，還是帶手電筒比較實際一點，因為張保仔洞內黑暗狹窄又凹凸不平，請加倍小心。

「張保仔洞就算不是傳說，但這個故事已足夠為洞提升了名氣，成功把洞變成旅遊景點。不過，這裏應該不會找到關於藏寶圖的線索。」司馬 Sir 還是猜不透任飛龍要到長洲的原因，「既然如此，唯有當是到長洲旅遊吧。」

然後，司馬 Sir 又找了長洲名店郭錦記的位置，還有芒果糯米糍、大魚蛋等長洲地道美食的資料，打算在找不到破案線索時，也可以在長洲吃得飽，當作長洲半天遊。

就是這樣，司馬 Sir 登上了九時的航班，向長洲出發。

◇◇◇

大約十時，渡輪抵達長洲碼頭。下船後，司馬 Sir 按網上所提供的資料走到附近不遠處的公眾碼頭，再等待街渡的來臨。

公眾碼頭兩旁的長椅，坐滿了人，應該是長洲居民聚腳的地方之一。司馬 Sir 站在欄邊，等候街渡駛至碼頭。

這時，有兩個人來到司馬 Sir 身旁，似乎是要到張保仔洞遊玩的遊客。

「不知道張保仔洞還有甚麼寶物？我最想得到清朝的金幣。」其中一位架上金絲眼鏡，一副斯文打扮，有點書卷味

的遊客說，「能夠找到一個金幣就夠了。」

另一位體格魁梧，語氣粗豪的遊客接着說：「對，我也想得到金幣，但一個是不夠的，要越多越好。」

「越多越好？太貪心了吧。」

「以你的聰明才智，要找到金幣，應該不是難事吧。」

「你的 IQ 也有 128，跟我的 130，其實也是差不多。」

司馬 Sir 忍着笑，偷偷望着二人，心想：「他們真的以為張保仔洞還會有寶藏留下來嗎？憑剛才的對話，就知道不是 IQ 爆棚的人。如果你的 IQ 也有 130，我豈不是有 160？反正我有時間，我跟着你們到張保仔洞，看看你們失望而回的樣子。」

這時，有一艘街渡的船主大叫着：「西灣，包船五十元，可以馬上開船的。」

司馬 Sir 和兩個遊客沒有理會船主。過了兩分鐘，華勝街渡來了，三個人才登上了街渡。

街渡的收費已漲了，每位收費是十元，比剛才看到某 YouTuber 所說的五元收費，翻了一番。平日到西灣的人不多，船家等了一會兒，有一位貌似居民的人上了船，就開動引擎，向着西灣出發。

只消幾分鐘船程，華勝就把他們帶到西灣碼頭。

司馬 Sir 跟着兩個遊客，沿着指示路標，拐了幾個彎，經過一個公廁，再走一小段路，就看到一個洞口，洞口上有

人用噴漆寫上「洞」字。這裏就是有名的張保仔洞了。

兩個遊客來到洞口，卻沒有即時進洞，只在洞外東張西望，似乎在尋找物件。司馬 Sir 在心裏訕笑着：「你倆以為在洞外也能找到寶物嗎？這是異想天開的事吧。」

司馬 Sir 沒有理會兩個遊客，獨自走到洞口。他先彎下腰，沿着放在洞口的鐵梯爬入了洞。司馬 Sir 開啟手提電話的電筒功能，開始進入洞穴探索。

張保仔洞洞身狹窄，僅可供一人通過。洞裏漆黑一片，伸手不見五指。司馬 Sir 把電筒的亮度調到最大，勉強可看到洞裏的情況。司馬 Sir 邊走邊探索，本來長約八十八米的洞，應該約十五分鐘就可走畢全程，但他用了逾半小時，才走到出口，結論是：一個普通的洞穴，除了有些遊人遺下的垃圾，似乎甚麼也沒有，亦毫無收藏過寶藏的痕跡。

司馬 Sir 爬出了洞，在一個可以望海的位置，佯裝欣賞風景，實際上是等待兩位遊客爬出洞，想目睹他們失落的神情。

過了十多分鐘，兩個遊客終於從洞裏爬出來。

「洞穴只是漆黑一片，甚麼寶物也沒有，真叫人失望。」戴着金絲眼鏡的遊人說。

「洞口太細了，我差點出不了來。」擁有魁梧體型的旅客說，「讓我們再看清楚一點，地圖是這樣記錄的⋯⋯」

兩個遊客翻開地圖，比照附近的地形。

司馬 Sir 聽到地圖二字，就像觸動了神經一樣，想上前看個究竟：「這是藏寶圖嗎？」

　　正當司馬 Sir 想動身，走到兩位旅客面前時，突然有人在他的身後拉着他，勸阻説：「不要輕舉妄動，那兩個人是『食過夜粥』的，胡亂行動不僅會打草驚蛇，還可能要吃大虧。」

　　司馬 Sir 望向身後，原來是任飛龍。

　　「難道你怕了這兩個遊客嗎？」司馬 Sir 對任飛龍説，「他們兩個人，我和你也是兩個人。兩個對兩個，要拘捕他們，是易如反掌的事。」

　　任飛龍壓低聲線説：「我不是跟你説笑的。那個身形較大的，已不好應付；而那個斯文的，肯定不是泛泛之輩。如果你要出手的話，你自己一個人應付好了。」

　　「你説，那兩個人都是高手嗎？」

　　「我猜想是。」

　　司馬 Sir 再次掃視那兩位遊客，的確覺得二人是有點可疑，於是，決定按任飛龍的建議，要靜觀其變。

　　「那麼，他們手上的地圖……」司馬 Sir 的話説了一半，被任飛龍打斷了。

　　「他倆手上的，可能是另一幅古地圖，但不是鑑珍樓失竊的地圖。」

　　「你怎麼知道不是鑑珍樓失竊的地圖呢？」

「你看，他們手上的地圖上，印有『地圖』二字，而鑑珍樓失竊的，是印着『保』字。」

「你的意思是，有兩幅藏寶圖嗎？」

「也可以這樣説。我初時以為藏寶圖只有一幅，但看到這幅地圖印有『地圖』二字後，我覺得地圖不應該只有『保』、『地圖』的字樣，可能還有『張』字和『仔』字的地圖，這樣才能拼湊成有意思的字。」

「拼湊成『張保仔地圖』五個字？」

任飛龍一副思考模樣：「不過……」

「不過，有甚麼事？」

「地圖不在手，很難説得準確。這只是我的猜測。」

「是嗎？」司馬 Sir 笑着説，「那麼，我去問他們借地圖給我看看，好嗎？」

就在這個時候，兩位旅客在視察周遭的環境後，或許是有所發現，急步離開了張保仔洞。

司馬 Sir 和任飛龍打算跟着兩位旅客，看看究竟發生甚麼事。

歷史導賞

IQ 測試排名

　　香港較常用的測量智商方法是韋氏智力量表（Wechsler Intelligence Scale）。韋氏智力量表是由美國心理學家韋克斯勒編製，用來評估智力水平的智力測驗工具。如果 IQ 達 120 至 129 分的，屬優秀類別；若高達 130 分或以上的，則屬天才了。

　　根據美國智庫「世界人口評論」（World Population Review）公布 2023 年全球智商（IQ）排名，香港平均 IQ 達 105.37，位列全球第四。

　　至於芬蘭智力測試機構「Wiqtcom」公布 2023 年全球智商排行榜，香港排名第八，平均智商為 110.14。

　　IQ 的評估有多種，其中一種 IQ 測試的評估，評出近現代的十大天才，分別是：

▶ 陶哲軒（澳洲籍華人、大學數學教授）IQ 測試評分是 230

▶ 克里斯多福‧平田（日裔美籍大學天體物理學學者）IQ 測試評分是 225

▶ 金雄鎔（韓國籍土木工程師）IQ 測試評分是 210

▶ 里克‧羅斯納（美籍電視劇作家）IQ 測試評分是 192

▶ 卡斯帕羅夫（俄羅斯籍國際象棋世界冠軍）IQ 測試評分是 190

▶ 占士活斯（美國籍荷里活影星）IQ 測試評分是 180

▶ 安德魯‧約翰‧懷爾斯爵士（英國籍數學家）IQ 測試評分是 170

▶ 朱迪特‧波爾加（匈牙利籍國際象棋大師）IQ 測試評分是 170

▶ 保羅‧艾倫（美國籍微軟創辦人蓋茨拍檔）IQ 測試評分是 170

▶ 霍金（英國籍物理學家）IQ 測試評分是 160

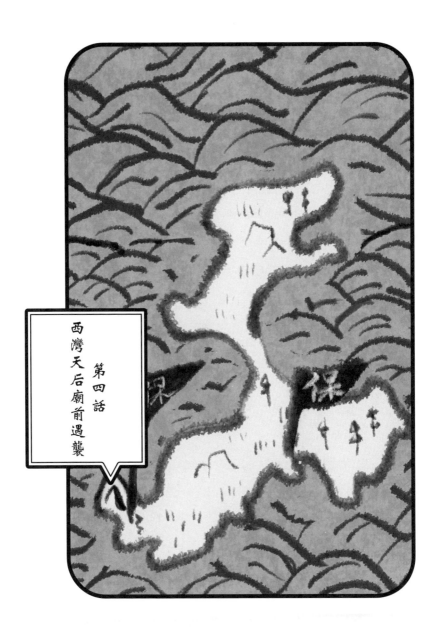

第四話
西灣天后廟前遇襲

張保仔是清代的海盜，跟清軍交戰多次，並一直佔有上風。由於張保仔擁有強大的實力，令清廷感到很頭痛。

清軍與張保仔交戰多年後，終於有突破性的發展。嘉慶十五年（1810 年）二月，張保仔向清政府提出投降；四月二十日（1810 年 5 月 22 日），負責剿滅張保仔的兩廣總督張百齡接受張保仔投降。於是，張保仔率領海盜婦孺共一萬七千三百一十八人、船二百二十六艘、砲一千三百一十五尊、兵器二千七百九十八件投降。

降清後，張保仔復用原名張保。清政府賞給張保千總頂戴，保留三十艘船為私人艦隊，為廣東水師效力。張保擒獲海盜烏石二，獲賞戴藍翎；嘉慶二十四年（1819 年）四月，張保升任福建澎湖協水師副將，官拜二品。

現在，香港境內仍有不少與張保仔有關的遺跡，在長洲、塔門、南丫島和春坎角等地，都有張保仔藏金的傳說，尤其以長洲張保仔洞最為著名，每天都有遊客慕名而來，想看看昔日海盜藏金的地方。

兩個可疑遊客離開了張保仔洞後，沿着長洲家樂徑走，在公廁附近的一個分岔口轉入了小路。司馬 Sir 則跟隨其後，而任飛龍則從長洲家樂徑一直走，嘗試從另一個位置監視兩位遊客的一舉一動。

走了不久，兩位遊客來到了一個休憩處。這裏有一座涼亭，叫「天后亭」，亭附近有幾幢面向大海的建築物，建築物前有一幅小空地。司馬 Sir 上前看看，其中一座的正門石

西灣天后廟前遇襲

額上，刻有「天后宮」三個字。

長洲西灣天后宮屬一進式建築，算是歷史悠久的小廟。

遊客二人來到廟前，四處觀察附近的環境，又拿出古地圖作比對。

司馬 Sir 心想：「他們手上的古地圖，一定有重要的資料，莫非跟長洲西灣有密切的關係？」

而站在遠處的任飛龍則監視着兩個遊客，未有進一步的行動。他自言自語地説：「西灣居民應該很喜歡這座天后宮，上香的、晨運的、聊天的，有十多人聚集在這裏……」任飛龍左顧右盼，看到廟前和廟旁聚集了不少街坊，覺得這間廟宇很熱鬧，可稱得上是香火鼎盛。

正當任飛龍視察四周環境時，司馬 Sir 打算進入廟內，看個究竟。「我曾聽別人説：天后是海上的神明，許多漁民都會拜祭天后，以保平安。據説，在明朝鄭和下西洋時，在出海前，也是先拜祭天后的。如果天后是靈驗的話，應該能給我找到關於地圖的線索。」司馬 Sir 在天后宮前，正盤算下一步，「我應該問天后娘娘，還是向街坊打聽一下關於張保仔的寶藏傳説呢？」

這時，司馬 Sir 讀着廟前的對聯：「聖德與天同道遠、母儀無地不深恩」，然後進入廟宇。但司馬 Sir 在廟宇裏走了一圈，卻找不到任何線索，於是再向涼亭方向走，想向島上居民打聽一下，看看有沒有新發現。

「兩位伯伯，您好。我是來長洲遊玩的⋯⋯」司馬 Sir 來到涼亭，上前跟兩位長者打招呼。

可是，兩位長者沒有回應。司馬 Sir 再走前兩步，繼續問：「這座廟鄰近張保仔洞，是不是跟張保仔有關？」

兩位長者站了起來，其中一個說：「我送你去見張保仔，你親自問他吧。」說完，這位長者向他揮出一拳。

「你不是長者⋯⋯」司馬 Sir 看到眼前的人，竟然是「長者」打扮的青年，不禁嚇了一跳。司馬 Sir 反應快，閃避了對方揮出的一拳，可是，另一位「長者」的右拳，已擊中了司馬 Sir 的臉，痛得他叫了一聲。

西灣天后廟前遇襲

任飛龍聽到司馬 Sir 的叫聲，嘗試從遠處看看發生甚麼事時，突然發現身邊有兩個穿着黑衣的人。兩個黑衣人，二話不說，在任飛龍左右兩旁展開夾擊。任飛龍在毫無防範之下，被擊中了多拳。然而，黑衣人的攻擊並沒有停止，任飛龍只好退後兩步，避過了從左面來的直拳，也躲開了從右面來的飛腿。任飛龍站穩了腳，準備還擊時，背部卻吃了一條木棍。

「背後還有一人嗎？」任飛龍忍着痛，想往後望，卻被眼前的黑衣人纏着。莫說是雙拳難敵四掌，更何況現在是三個人偷襲一個，任飛龍再有天大的本領，也不可能即時逃脫。

司馬 Sir 和任飛龍被襲，引起了兩個神秘遊客的注意。他倆看了看四周，發覺他們同樣被好幾人包圍着。

兩位神秘遊客還未來得及反應，有三個人迅速衝向他們。較斯文的那位遊客敏捷地用右手摘下眼鏡，然後一個轉身，左腳向後一伸，踢中其中一個人的腹部，這個人隨即跌到幾尺遠的地方。

　　他的還擊還沒有停下來，馬上又再躍起，跳到另外兩個人前面，一記凌空飛踢，再揮出一下重拳，兩個人應聲倒地。正如任飛龍所說，這個神秘遊客就是「吃過夜粥」的人。

　　兩位神秘遊客見形勢不對，趁着環境混亂，伺機向碼頭方向逃走。

　　任飛龍也不想跟這三個人糾纏下去，決定要儘快跳出眼前的困境。任飛龍最擅長的，是近身的搏擊術，曾試過只用三秒，壓倒性擊倒比他高大的兩個人。任飛龍主動出擊，一個箭步衝向前，再打出一個快拳，然後再來一個肘擊，兩招擊中兩人，出手快且準，乾脆利落，兩人即時倒地。正當任飛龍要轉身對付在背後用棍的人時，卻被他悄悄溜走了。說時遲，那時快，剛才倒地的兩個人也趁着任飛龍不在意時，逃跑了。

　　至於在天后亭的司馬 Sir，也不甘示弱。他一個閃身，彎下腰，揮出重拳，擊中一個「長者」的下顎，「長者」被打得飛到半空墜地；然後，司馬 Sir 又快步衝向另一個「長者」，「長者」走避不及，臉上被打中了幾拳，一雙門牙從口裏吐出來。兩個「長者」見形勢不對，只好選擇落荒而逃。

　　三輪混戰後，除了司馬 Sir 和任飛龍外，所有人，包括

兩位神秘遊客，已離開了天后宮。

「你有沒有事？」任飛龍趕到天后廟，跟司馬 Sir 匯合。

「我沒有事。你呢，有沒有受到襲擊？」

「有的。當時，我找到一個有利位置，可以看到廟前的環境時，就有三個人來襲擊我。」任飛龍繼續說，「在我被襲擊前，拍了一些照片。」

「不錯，或許這些照片對調查案件很有幫助。」

這時，有一個人從天后廟旁的小屋走出來，說：「剛才發生甚麼事，嚇得我不敢走出來。」

「你是誰？」

「我姓徐，是長洲的村民，也是這裏的村長。」

「崔村長嗎？」

村長聽得不清楚，沒有理會是徐，還是崔，只是回應：「是的。」

「村長，你好。」

「剛才那幫是甚麼人？」

「你不認識？」

「沒有見過。我初時以為他們是遊客，所以沒有理會。」

「按你這個說法，他們不是長洲居民？」

村長想了一會：「我想不是了。我在長洲住了幾十年，就算有不認識的人，也應該會見過面的。剛才的人，全部都

長着一張陌生的臉孔。」

「原來如此。」

村長有點激動説：「不知從哪裏來了一班壞人，令小島不再寧靜了。」

司馬 Sir 接着説，「放心，無論他們是甚麼人，只要是犯了法，我都會將他們繩之以法的。」

「有你們在長洲捉賊，實在太好了。雖然我還是很擔心，但我也有點安心了。」村長舒了一口氣説。

「村長，你不如先回家休息，如果有需要的話，我再請你幫手。」司馬 Sir 安慰着村長説。

「好的。」

當村長離開後，任飛龍和司馬 Sir 又再討論剛才的事。

「難道他們也是來搶地圖？他們跟鑑珍樓的案件，又有甚麼關係呢？」任飛龍感到疑惑，「如果我沒有猜錯，張保仔的寶藏可能仍在長洲。」

「我們要儘快找到線索，否則地圖會落入不法之徒手中。」司馬 Sir 緊張地説，「現在，我們應該從那兩位遊客入手。」

「他們應該上了街渡，差不多回到長洲中部了。」

司馬 Sir 動身準備向渡頭出發，打算乘街渡追捕兩個神秘遊客，但任飛龍卻沒有動作，只是呆呆地望着廟宇。

「有甚麼事嗎？」

「我覺得有些不妥當的地方……」任飛龍欲言又止,「我現在想去確認一件事。」

「甚麼事?」

「我稍後再告訴你,現在是下午十二時三十二……」任飛龍望望手錶,轉身就走。

「你……」

任飛龍沒有理會司馬 Sir 的呼喚,轉眼間,已走得無影無蹤。

這時,司馬 Sir 的手提電話響了起來:「喂?」

「司馬 Sir,請你返回警局一趟,有重要事要你處理。」

「現在不能回來,今天,我是休假日。」

「不可以,高層下了命令,請你馬上回來。」

「甚麼事?」

「高層知道你私下調查鑑珍樓的失竊案,他們不許你擅自行動……」

「好的,我回來再說吧。」

司馬 Sir 感到無可奈何,只好離開長洲。究竟任飛龍和司馬 Sir 在長洲遇到的兩位神秘遊客是甚麼人?向他們施襲的幾個人,又有甚麼目的?這兩道問題,似乎暫時是沒有答案。至於在長洲調查的事,只好告一段落。

歷史導賞

西灣天后廟

　　西灣天后廟有逾二百年歷史，是長洲著名廟宇之一。廟內的文物不多，現存有乾隆時代的銅鐘。廟旁有一座涼亭，坐在涼亭，可以眺望西灣及避風港的景色。

　　香港大部分的天后誕是農曆三月廿三日，但長洲西灣媽勝堂值理會於每年農曆三月十五至二十日慶祝天后誕。據説，以前用大光燈捕魚的罟仔艇，於農曆三月十八日因看不清水中情況，未能進行捕魚，因此，提早為天后賀誕，將每年農曆三月十八日定為西灣天后誕的正誕日。

第五話
遠赴澳門三婆廟

焦點一轉，鏡頭移到香港的對岸——澳門。

澳門，又稱濠鏡澳、濠江、媽港、梳打埠，位於南海北岸、珠江口西側，北接廣東省珠海市。早於明朝嘉靖三十二年，葡萄牙人已到達澳門，每年支付五百兩白銀予明朝政府為地租，開始了由葡萄牙人管治的時代。鴉片戰爭後，清政府與澳葡政府發生關閘事件，澳門正式成為葡萄牙的殖民地；其後，葡萄牙又成功佔領了氹仔和路環兩個小島。

澳門鄰近香港，兩地相距六十二點二公里，來往香港和澳門兩地，主要的交通工具是噴射船，船程約一小時。除了海路交通外，於2018年起，連接香港、澳門和珠海三地的「港珠澳大橋」已經通車，建成了連接港澳的陸上交通網絡。

原來，任飛龍離開西灣天后廟後，乘搭十二時四十五分的高速船離開了長洲，旋即乘的士到上環信德中心港澳碼頭。在路上，任飛龍向女助手鄔雅簡單講解了在長洲發生的事，並叫她在港澳碼頭等待他。

當任飛龍抵達港澳碼頭的的士站時，鄔雅已經在那裏等候了。

「我們要去澳門嗎？」鄔雅問。

「對，我們要去澳門一趟，或許，澳門會有一些新線索。」

「好的。」

「我們要兩張去澳門的船票。」任飛龍在票務處買船票。

「去外港碼頭，還是去氹仔？」

「氹仔。」

「一張普通位是一百七十五元，而豪華位要三百六十五元。」

「加了價嗎？」

「2023 年 9 月 15 日起加價的。」票務員解釋說。

「我要兩張氹仔船票，豪華位。」

「你要下午二時四十五分的航班，還是三時四十五分的航班？」

「兩點四十五分。」任飛龍從銀包取出現金，買了兩張去氹仔的豪華位船票。

票務員遞上船票說：「好的，這是兩張船票。」

任飛龍見時間尚早，決定在信德中心吃過午飯，再買兩張澳門電話卡，然後，準備過關，出發到澳門。

任飛龍和鄔雅登上去澳門的船，發覺船上的搭客不算多。鄔雅嘆了一口氣：「唉，以前去澳門的船是很熱鬧的。」

任飛龍也有同感說：「沒辦法了，香港去澳門的人還未回復到疫情前的水平，而且，現在不少人選擇乘搭金巴去澳門，所以，坐船的人比以往少了很多。」

「由香港到澳門，船程大概只是一小時而已。為甚麼我們要坐豪華位呢？」

「我覺得豪華位的搭客不多，方便我們討論下一步的計

劃。」

「原來如此。」鄔雅好奇地問，「其實，澳門跟你在長洲調查的事，有甚麼關係呢？」

任飛龍笑着説：「我們去澳門了解一個關於古地圖的線索，然後再折返長洲。」

「那麼，在長洲所發生的事，會不會已告一段落，跟進不了？」

「不用擔心，如果我沒有猜錯的話，在古地圖的謎底未解開之前，他們應該仍會留在長洲。現在，我們先要在澳門趕快完成調查工作。」

「澳門有張保仔地圖的資料嗎？」

「我還不清楚，但我想去找一找關於張保仔的事。」

任飛龍指着平板電腦上的畫面：「你認識這間三婆廟嗎？」

「我記得，我在澳門旅行期間，去過一次。三婆廟這座歷史悠久的廟宇，早就吸引了我。這間三婆廟與張保仔，真的有關係嗎？」

「三婆廟的三婆，相傳是天后林默娘的三姐，也是張保仔信奉的神明……」任飛龍點了點頭，「由於香港沒有拜祭三婆的廟宇，而最近香港的三婆廟，就是澳門這間了，所以我們要到三婆廟走一趟。而且，張保仔的兒子張玉麟在張保仔死後，曾在澳門出任官職，或許，他們的後人仍留在澳門

居住。」

「原來如此。不過，廟宇曾受到嚴重的破壞，現在的廟宇是重修而成的，還有可能找到有用的資料嗎？」鄔雅在網上尋找三婆廟的資料。

「你説的對。廟宇已經翻新，原留在廟內的物品，或許已經蕩然無存了。」

「經過了漫長的歲月，還可以在廟宇裏找到有用的線索嗎？」鄔雅在網上不停地搜索，「我估計，廟宇裏沒有我們想要的資料。」

「在現在的廟宇裏，的確很難找到有用的資料。我們去三婆廟找線索，可能要靠點運氣了。」

「那麼，你的目標是……」

「我聯絡了曾經在三婆廟擔任廟祝的後人——一位已近百歲的老婆婆。」

「她仍留有線索嗎？她認識張保仔的後代？」

「她可能知道曾存在正殿內，現已遺失的一口古銅鐘，以及三婆神像的下落。」任飛龍繼續説，「説不定，可能還有其他有用的資料。」

説着説着，船隻已經抵達澳門氹仔。

任飛龍和鄔雅下船後，就朝着氹仔舊城區的方向出發。其中，一幢殘舊的三層建築物的二樓，有一位已差不多百歲的獨居婆婆居住。

任飛龍和鄔雅踏上木樓梯，推開一扇木門。

「梁婆婆，在嗎？」任飛龍輕輕的敲着門。

過了一會兒，傳來一位老婆婆的聲音：「誰？」

滿頭白髮的老婆婆，精神還不錯，雖然走路有點慢，但仍算靈活，至少她不需要使用拐杖。

「婆婆，你好嗎？」任飛龍向婆婆鞠躬問好，「是我，我跟你聯絡過的，想知道關於三婆廟的事。」

「你們進來，坐下吧。這裏地方淺窄，請不要介意。」梁婆婆邀請二人入屋。

任飛龍和鄔雅坐了下來，任飛龍已急不及待的問：「我想知道，你是否藏有舊三婆廟的資料？」

「對，三婆廟原本有三件寶物。」

「三件寶物？」

「關於三婆廟的事，許多人也不知道。讓我告訴你吧，這三件寶物是這樣的：一件是銅鐘，一件是三婆神像，一件是地圖。」

「地圖，是甚麼地圖？」一聽到地圖二字，任飛龍就像着了魔一樣。

「不用心急，你慢慢聽我説。」婆婆慢條斯理地説。

「第一件銅鐘，在我擔任廟祝之前，已經不見了。聽説，銅鐘被人賣走，現在落入一位內地收藏家手中。至於第二件神像，現在在我家裏……」梁婆婆指着家中的神枱説：「當

遠赴澳門三婆廟

年，廟宇有倒塌危險，所以，我把神像請了回家。結果，廟宇在颱風的吹襲下，整個屋頂塌下來。」

「如果你沒有把神像請回家，神像真的要被毀了。」

「許多人以為神像就在風暴中被毀了，所以我索性把神像留在家中。三婆神像來到我家中，已經超過半個世紀了。」

梁婆婆走到神像前，合十鞠躬說：「有一年，有大學教授來找我，查詢關於三婆廟的事，我只回答：不知道。我並沒有把神像請到我家一事，告訴給教授知道。」

「為甚麼你願意把這件事告訴我？」

梁婆婆說：「或許，是緣份吧。」

任飛龍也走到神枱前，望着三婆神像：「這個由泥捏造而成的神像，雖然做得很粗糙，肯定不是出自大師的手藝，但有一種來自民間的風格，很有特色。」

梁婆婆點着頭。

「那幅古地圖呢，還放在這裏嗎？」鄔雅搶着說。

「地圖原是放在一個木匣子內，而木匣子放在三婆的神像下。當日，我請三婆神像來我家時，也一併把木匣子帶了回來。」

「木匣子仍在這裏嗎？」

梁婆婆指着三婆神像說：「木匣子不就是仍在神像下，一直由三婆神像保管着。」

「我可以打開木匣子，看看古地圖嗎？」

「我拿出來給你們看吧。」梁婆婆雙手抱起神像，把神像端到一旁，「這是原有的三婆神像，已超過一百年歷史了。」說完，她把木匣子從神枱取出來。

梁婆婆打開木匣子，翻開地圖說：「我一直不知道是甚麼地圖，你們看看吧。」

「這個地圖畫得很簡陋，但有標示香港的地名，」任飛龍嘗試分析地圖內容，「這裏寫着鯉魚門，這裏寫着長洲，還有紅香爐、杯渡山、急水門……」

「這是香港的古地圖，肯定沒有錯的。」

「除了地名，地圖上沒有其他的標記，不一定是藏寶地圖吧。不過，這裏有一句細字：『三叉溝水，鯉魚疊石八尺高。黃金是沙子，祖先大事可重修。』究竟是甚麼意思呢？」

「這幅地圖與鑑珍樓所失竊的地圖，似乎不太相同。鑑珍樓失竊的地圖，有一個『保』字，但這幅地圖卻沒有字。」

「甚麼字？我是文盲，不認識地圖上的字。」梁婆婆有點不好意思地說。

「不，我們只是在研究地圖，覺得地圖有點特別而已。」任飛龍向婆婆解釋着說。

鄔雅舉起地圖放在陽光下看，也沒看出有甚麼秘密資料，於是問梁婆婆：「我可以用相機拍下地圖嗎？」

「當然可以。」

在拍照的時候，任飛龍拿起木匣子左翻右翻，也沒有發

現木匣子有暗格或其他可疑的地方：「應該只是一個普通的木匣子，沒有甚麼特別。」

鄔雅拍了地圖的照片，對任飛龍説：「如果連你都解不開地圖的秘密，應該沒有人知道箇中的奧秘了。」

任飛龍和鄔雅取了有關資料，跟梁婆婆了解到不少關於三婆廟的事，雖然感到滿足，但仍未解開藏寶地圖的秘密。

「婆婆，我們已得到不少資料了。如果有需要，我們再找你吧。」任飛龍把地圖放回木匣子內，交回給梁婆婆。

「我歡迎你們再來。」

「這個木匣子和三婆神像，是重要的歷史文物，請好好保管，不要交給其他人啊。」任飛龍叮囑婆婆説。

「在我有生之年，我會一直把木匣子和神像放在這裏。待我死後，就要留待有緣人的出現……」

「婆婆你一定會長命二百歲的。」鄔雅握着婆婆的手説，「我們下次再來探望你。」

梁婆婆微笑着説：「好的，好的。我們下次再談吧。」

説完，任飛龍對鄔雅説：「我們走吧，我想去另一個地方，然後才到長洲。」

「另一個地方？」

任飛龍沒有回應，似乎還有一些問題尚未解答。

歷史導賞

三婆廟

　　三婆屬水神，是水上人的保護神。相傳，三婆是天后第三姊。

　　位於澳門氹仔的飛能便度街的三婆廟，建於道光廿五年（1845），初時祇為一天然石室，後由當地漁民商家集資，於咸豐九年（1859）加建殿室，同治三年（1864）重修。

　　廟宇已日久失修，於 1995 年由當時的澳門文化司進行重修，成為現在的面貌。

第六話
鯉魚門寶藏隱語

「三叉溝水，鯉魚疊石八尺高。黃金是沙子，祖先大事可重修。」這句話收錄在《鄭氏族譜》之中，不少人認為是鄭氏留給後人的「寶藏隱語」。

　　換言之，這是相傳鄭氏一派海盜收藏寶物的提示，歷年以來，許多人嘗試破解這句話的含意，亦在多個懷疑是藏寶的地方，進行「尋寶」，可惜都是無功而返，寶藏位置至今依然是謎。當然，句中的意思是否與寶藏有關，可能只是穿鑿附會，對寶藏帶有好奇心態的人，聯想出來的事而已。寶藏神秘的傳說，一直流傳到今日。

　　任飛龍為了確認自己的想法，透過平板電腦搜尋資料，其中，他搜尋到一幅清代的重繪地圖，叫《清嘉慶二十四年（1819年）新安海防圖節錄重繪》。這幅地圖所用的地名，跟他在澳門三婆廟找到的地圖，有點相似。他又對照了地圖上的地名後，吐了一句：「我猜對了。這幅地圖上的地名，很接近十九世紀初的香港舊地名。」

鯉魚門寶藏隱語

　　鄔雅思考了幾秒：「地圖上所書寫的地名，是香港的舊地名，即地圖所顯示的，是十九世紀初的香港。這時，正是張保仔活躍的年代。」

　　任飛龍想了又想：「如果這幅是十九世紀初香港海域的地圖，是否就是藏寶地圖？另外，地圖為甚麼會成為廟宇的寶物，還要放在三婆神像下，由神像保管呢？我覺得，地圖應該還有些不可告人的秘密。」

　　鄔雅也和應着：「雖然地圖上沒有其他特殊的標記，但

有幾個地名是用了不同的字體書寫的。你看，地圖上長洲島、鯉魚門、南丫島這三個地名，或許是地圖想記下的標誌。」

「長洲島、鯉魚門、南丫島……」任飛龍望着地圖上的三個地名說，「這三個地名的共通點是甚麼呢？」

任飛龍摸不着頭腦，一時之間，想不到這三個地方有甚麼共同點。

「我剛才在長洲，去過張保仔洞，然後在天后廟遇襲。鯉魚門和南丫島有張保仔洞和天后廟嗎？」想到這裏，任飛龍在網上搜索，結果有意外收獲，找到疑似有用的資料：

「鯉魚門有天后廟，有一件刻石的殘件，刻石仍可看到幾個字：『天后宮，鄭連昌立廟，日後子孫管業，乾隆十八年春立。』鄭連昌原是鄭成功舊部，後淪為海盜；鄭連昌死後，由鄭七和鄭一兩兄弟統領海盜部眾。後來，鄭一墜海溺斃，由妻石氏和義子領導海盜。這個義子，叫張保。」

「鯉魚門天后廟是張保仔的巢穴？」鄔雅詫異地說，「剛才在地圖上，有一行小字，也有提到『鯉魚』二字，難道我們找錯了地方？張保仔的寶藏地點是在鯉魚門，而不是長洲嗎？」

「但這幅地圖跟鑑珍樓的地圖不一樣，單憑在三婆廟得到的地圖，也猜不到想說明甚麼。」任飛龍對地圖感到疑惑，但不敢妄下判斷。

鄔雅說：「我們現在趕返香港，要去鯉魚門調查一下

嗎？」

「要。」

「那麼，我們還要去南丫島嗎？」

「南丫島曾經是有張保仔洞的，不過，早就被毀了。所以，除非有其他有力的線索證明寶藏在南丫島，否則，我們暫時不用考慮到南丫島。」

「好的。」

任飛龍望望手錶，知道時間已不早，說：「我們要快一點了，不如坐直升機返香港吧。」

「直升機嗎？」鄔雅興奮地說，「我沒有坐過直升機，一定很有趣，但安全嗎？」

「你沒坐過直升機嗎？我們試一試吧！」任飛龍笑着說，「2010年，發生過港澳直升機客運服務首宗嚴重事故，當時，一架載着十三名乘客和機組人員的直升機，在起飛後數分鐘，機尾螺旋槳於五百尺高空突然飛脫，幸好機師在海面上找到空隙成功急降，避免了空難。這是關於來回港澳直升機航運的唯一意外事件，所以，我認為，直升機還是安全的。」

「如果以發生意外的次數計算，港澳直升機客運的確是安全的。」鄔雅苦笑着。

「不要杞人憂天，我們就試試吧。」

於是，任飛龍帶着鄔雅向着直升機場出發。澳門的直升

機場在新外港碼頭，直飛到香港的信德中心，飛行航程只需十五分鐘，較噴射船快得多，但票價也貴好幾倍。不過，由於任飛龍想儘快返回到香港，只能選擇最快捷的交通工具。

他們從新外港碼頭起飛，橫越了珠江口，很快就進入香港海域。鄔雅首次在直升機上欣賞風景，覺得在高空俯視的感覺很特別，跟坐飛機所看到的景觀並不相同。可是，鄔雅還沒有看夠香港的風景，直升機已到了上環信德中心。

抵達香港後，任飛龍和鄔雅馬上乘的士到鯉魚門，並在鯉魚門三家村下車。

任飛龍望着村口的牌坊，寫着「鯉魚門」三個大字：「原來天后廟就在這裏，我經常來三家村吃海鮮，也未曾到過天后廟。」

任飛龍和鄔雅穿過三家村，來到鯉魚門海傍，方知道這裏可以看到整個鯉魚門海峽。任飛龍再沿海邊走，經過馬環村，終於看到天后廟。

天后廟臨近海邊，位處鯉魚門海峽的入口。任飛龍心想：「這是香港東面航道的必經之路。如果張保仔的海盜團真的以天后廟為巢穴，只要是從鯉魚門進入的船，一定無一幸免，肯定會成為海盜的甕中物。」

任飛龍在天后廟前，幻想昔日海盜的船隻，滿佈鯉魚門海峽，強行劫走商船的畫面，不禁嘆了一口氣：「當年，海盜猖獗，一個張保仔足以令清政府疲於奔命，再加上其他派別的海盜，真難想像在二百年前，這片海峽是怎麼模樣。」

這時，鄔雅在網上找到一些關於天后廟的資料：「天后，本姓林，因出生到滿月都不啼哭，而取名默娘。十三歲時，有道士傳授她知識；到十六歲已能騰雲駕霧，出海救人。廿三歲，收服了千里眼和順風耳，作為守護神。二十八歲告別家人，升天而去。由於許多漁民都敬拜她，歷朝皇帝對默娘都有賜予封爵。元代，被元世祖封為天妃，明代鄭和下西洋前，也要在天妃廟進行祭祀；到了清代，康熙封她為天后。自此，各地的廟宇一律改稱天后廟。」

「你找到鯉魚門天后廟的資料嗎？」任飛龍想了解更多關於天后廟的事，以便追查線索。

「以前有一位學者，叫羅香林教授。我曾經讀過他的書，有提到這間廟的。你給我幾分鐘時間，我正在搜索我放在電腦資料夾內的筆記。」鄔雅說。

「好的。你的百科全書式的知識寶庫，又要出動了。」

「不用抬舉我了，」鄔雅繼續說，「我已經找到你想要的資料了。」

「你告訴我吧。」

「在《1842年以前之香港及其對外交通——香港前代史》一書中，有這樣的說法：鄭成功部隊多為閩人，他們信奉天后，故其部眾在香港海域淪為海盜時，也選擇興建天后廟。早年重修舊廟時，在神座後的石窟發現石碑一方，刻有鄭連昌等字樣。」

「你所説的刻石，是你剛才告訴我的鄭連昌立廟那句話嗎？」

「是的。」

「那塊刻石仍在廟內嗎？我想看看刻石的真跡。」

「網上資料顯示，刻石在廟內，由廟祝保管。如果要看這個殘件，也可向廟祝查詢。」

「好的，我們先進入廟宇看看，然後再問廟祝吧。」

歷史導賞

羅香林教授（1906-1978）

中國當代著名的史學、客家文化，以及香港歷史研究的奠基者和開拓者。

1926 年，師從梁啟超、王國維等著名學者，並於清華研究院，隨陳寅恪、顧頡剛兩位大師學習，發表著作甚多，被學術界譽為客家總問題專家。

羅教授開香港前代史研究的先河，填補了不少關於香港歷史的空白。羅教授研究歷史，除了一般的政治、文化、經濟外，還主張研究社會民生。羅教授認為，社會民生對研究歷史有很重要的作用，因此，他強調要使用當地的民間資料，如族譜、家書、生意往來帳簿、日記、石刻等。

南丫島張保仔洞

位於波蘿咀南波近大洲肚灣。由於洞穴在水平線之下，跟長洲張保仔洞有明顯的不同。

南丫島張保仔洞於 1979 至 1980 年間，因要開山興建發電廠時被炸毀，從此，這個張保仔洞消失了。

相傳，除了長洲和南丫島外，塔門、春坎角、赤洲、小交椅洲等地，都有張保仔洞。

第七話
海盜刻石與鄭頭領

根據資料顯示，鯉魚門天后廟不僅是供奉天后的地方，亦是海盜監察往來鯉魚門海峽船隻的哨站。海盜以鯉魚門海峽旁作為監視點，一來可以監視商船，以便搶劫貨財；二來可以了解海上的情況，防範官兵的圍捕。

鄭連昌以鯉魚門作為海盜的巢穴，因此，鯉魚門的山嶺叫做「惡魔山」（Devil Peak，又稱「魔鬼山」）。

香港有不少海岸都建有廟宇，是否所有臨海的廟宇都是海盜的哨站，那就不得而知。然而，鯉魚門天后廟有跟鄭連昌有關的實證，所以，推斷廟宇是海盜的哨站，也可以說得通。

任飛龍對鯉魚門天后廟的歷史有些了解後，嘗試在廟宇尋找寶藏的線索，決定向廟祝打聽關於刻石的事。

廟祝明白任飛龍的來意後，對他說：「你給天后娘娘上香後，我再拿出刻石，讓你看清楚吧。」

待任飛龍上香後，廟祝端着一塊小石塊，放在廟外的枱上，說：「刻石是這樣的。你在這裏看吧。廟外的陽光充足，可以清楚看到刻石上的字。」

「原來只是一塊小石塊。」

「是的。石塊是在重修廟宇時發現的，只餘下這麼一小塊。」

「重修廟宇時，還有發現其他舊物嗎？」任飛龍一面拿着手提電話拍下刻石的照片，一面向廟祝打聽消息。

「其他舊物嗎？」廟祝笑着說，「我接手管理廟宇只有三年，之前的事，我不太清楚。」

「原來如此。那麼，還有人知道這座廟宇的事嗎？」

「發現這塊刻石時，已是幾十年前的事。那年，我還沒有出生，好像是一九五零年代吧。這麼久遠的事，應該沒有人知道了。」

「原來已有幾十年的歷史。」任飛龍明知故問，「難怪沒有人知道了。」

「你想知道這塊刻石的事嗎？」廟祝斟了三杯茶，遞了給任飛龍和鄔雅。任飛龍心想：「廟祝開始要『說故事』了。」

「多謝，我們不客氣了。」

「你們坐下來吧，讓我告訴你，不過，我所知的，並不多……」

「好的，求之不得。」任飛龍心想，遇着健談的人，總好過是板着臉，一言不發。

廟祝呷了一口茶，說：「這塊刻石，是屬於海盜的。」

「海盜？」任飛龍假裝吃了一驚。

「這個海盜叫鄭連昌，你看到嗎？」廟祝指着刻石上的字。

「鄭連昌嗎？」任飛龍繼續裝傻扮懵。

「這個人，很厲害。當年，他的海盜船隊足以遮蔽整個鯉魚門海峽。」廟祝指着廟前的不遠處，「現在，那裏還有

兩口小銅炮，都是屬於海盜的。」

「我只知道有張保仔，不知道鄭連昌。」任飛龍摸摸頭，順勢把話題拉扯到張保仔身上。

「張保仔？」廟祝大笑了兩聲，「張保仔也很厲害，不過，只是鄭連昌的後輩而已。」

「許多人都說海盜有藏寶的地方，你有聽說過嗎？這裏是海盜的巢穴，你估計鄭連昌、張保仔等人，留有寶藏嗎？」

「當然有聽過。」廟祝撐撐頭，「不過，藏寶的事，全部都是子虛烏有。」

「假的嗎？」

「就算是真的，寶藏早就給人掘走，怎可能留到今天？」廟祝帶點不屑的語氣，「張保仔是二百年前的人，鄭連昌的事比張保仔還要早。他們的寶藏，怎可能保存二百多年？」

「原來有二百多年的歷史了。」

「所以，怎可能還有寶藏呢？」廟祝點點頭。

「那麼，有人試過來尋寶嗎？」

「我來了這裏當廟祝有三年，沒有見過來尋寶的人。」廟祝繼續說，「不過，我有聽說過，以前是有人來尋寶。是真是假，我不太清楚。」

「竟然真的有人來尋寶？」任飛龍嘗試把話題轉到寶藏，希望得到更多資料，「這實在是太惹笑了吧。」

「我記起了一個人。」廟祝如夢初醒一樣，「村裏有一

個人，經常對人說自己是海盜後人。」

「海盜後人？」

「他說：由他的祖先開始，他家族的人已經在這裏居住，大概住了二百年了。」

「真的嗎？」任飛龍露出驚喜的笑容，今次真的有意外收獲，「我可以找到他嗎？」

「可以，他仍然住在馬背村的。」

任飛龍和鄔雅站了起來，指着廟後的方向說：「是這個方向嗎？」

「你要找他？」

「是的。我對鄭連昌的事感到好奇，想了解多一些海盜的事。」

「他是患有精神病的。」

「精神病？」

「當然是有精神病，要不然，怎麼說自己是海盜後人。」

「可能他沒有說謊呢。」

「我只是擔心你的安全，村裏的人都不願意跟他談話。」

「沒關係，反正我有時間，想跟他聊一聊。」

廟祝苦笑着：「好的，你要小心安全……你入村後，有一道門寫着『鄭一後人在此』。你可拍門找他的。」

「好的。我去找他吧。」任飛龍和鄔雅轉身就走，向着

馬背村方向走去。

「你們真的要小心一點，可能他會傷害你；還有，他有一個外號，叫鄭頭領。」

「鄭頭領？」

「是，他自稱是海盜的首領。」

「明白了，感謝你的資料。」任飛龍向廟祝揮揮手，向着馬背村方向走。

廟祝望着任飛龍的背影，嘆了一口氣：「這個人，一定也是精神有問題的，否則，他怎麼會這麼興奮？」

任飛龍和鄔雅離開廟宇，向着馬背村進發。走了不久，他們看到一扇奇特的門——髹上鮮豔的顏色，門上寫着「鄭一後人在此」六個大字。

「這個人真的很有趣，希望他不是真的精神有問題吧。」鄔雅硬着頭皮，「咯！咯！咯！」敲着自稱是海盜後人的大門。

「誰？」一個中年男士從屋內走出來。

「我是來找鄭一後人的。」

「我就是鄭一後人了。你來找我，有甚麼事嗎？」

「原來你就是鄭頭領，久仰你的大名。我是來向你請教，想了解關於海盜的事。」

「你相信海盜的事？這裏的人，全部都說我是精神病人。」

「我當然相信海盜的故事。這個世界，沒有甚麼事是不可能的。」

鄭頭領露出一點笑容：「你想知道甚麼？難得遇上明白我的人。」

任飛龍指着天后廟方向，說：「鯉魚門天后廟重修時，發現了一塊刻石的遺跡。除了那塊刻石外，是不是已沒有物件留下來呢？我想知道，更多關於天后廟和海盜的事。」

鄭頭領想了一會兒，說：「原本是有的，現在甚麼也沒有了。」

「沒有了？是甚麼意思？」任飛龍感到疑惑，心裏想：「難道真的還有海盜留下來的物品？」

「我的祖先曾經告訴我：以前，由三家村到馬環村一帶，有許多海盜後人居住的。不過，大部分人已經離開了這裏，因為他們不想給外人知道自己的祖先是有海盜的身份。他們外出謀生，再也沒有回來了。」

「你和其他已搬走的海盜後人，還有聯絡嗎？」

「沒有了。」鄭頭領嘆了一口氣，「離開的人，就是不想再跟這裏有任何聯繫。」

任飛龍點了點頭。

「廟宇失修，也沒有人理會了。畢竟，廟宇留有海盜的遺跡，正是他們不想記起的事。」

「所以沒有物件留下來嗎？」

鄭頭領指着另一個方向：「以前，四山一帶的人都是打石的。那裏是一個礦場，村裏有不少人都是打石維生的。我的父親也做過打石的工作。在廟宇倒塌後，原有的石塊連同打石的石塊，一併運走了。」

「除了石塊，還有甚麼舊物呢？」

「遺下來的物件，都在廟宇裏……」鄭頭領欲言又止，說，「還有一個傳說留傳下來……」

「傳說？」任飛龍好奇地問。

「寶藏，你一定聽過的。」

「寶藏？」任飛龍終於打開了鄭頭領的口，令他吐出了自己想知的事。

「是。不過，這只是傳說，沒有人知道寶藏的正確位置，所以，住在這裏的人決定離開，不去搜尋寶藏，也不想守護寶藏了。」

「傳說的內容是怎樣的？」

「傳說是由一張藏寶圖説起。」

「藏寶圖？」任飛龍心想：「皇天不負有心人，終於找到地圖的信息了。」

鄭一後人説：「現在，藏寶圖已經沒有了。」

「遺失了？」任飛龍吃了一驚。

「被人偷了。」

「被人偷了？甚麼時候被偷？」任飛龍覺得事有蹺蹊，

海盜刻石與鄭頭領

心想：「莫非又是鑑珍樓案件的匪徒所為？」

「許多年前，有人來聯絡我，表示對我手上的地圖有興趣，希望我能賣給他。」

「對方是甚麼人？」

「聯絡我的人，只是中間人，已聯絡不到他了。」鄭頭領搖着頭。

「你知道買家是誰嗎？」

「那個中間人曾經提過一個名字，我記得是 Tony Cheung。」

「Tony Cheung？」任飛龍感到有點詫異。

「你認識 Tony Cheung？」

「不，不……」任飛龍摸摸頭，裝出笑容說，「這個名字太普通了。我有兩個姓張的朋友也是叫 Tony。」任飛龍胡亂編了一個故事，打算矇混過關。

「我猜，地圖是被他們偷走了。」

「你知道是甚麼時候被偷走了嗎？」

「不知道。」

「你有沒有報警？」

「當然有報警，」鄭一後人有點怨氣說，「警方在背後也說我是精神有問題的。又說：這個世界怎會有藏寶圖？」

「你還記得地圖是怎樣的？」

鄭一後人沒有回話，走了入屋內，並用力關上大門。

「你好……我還有事情想知道……」任飛龍想拉着鄭一後人，可是，他已關上了大門。任飛龍只好呆在門口，希望鄭一後人能再次開門。

一分鐘後，大門又再開啟了。

「幾十年前，我曾經拍下地圖的照片。」鄭一後人拿着照片說。

任飛龍接過照片。這張黑白照片已發黃，但仍可看到地圖的內容，其中，地圖上有一個字：「亞」。

「我可以為這張照片拍照嗎？」

「你喜歡拍照就拍照吧，反正，沒有人相信這是真的藏寶圖。」

任飛龍陪笑着說：「我相信是真的吧。」

拍照後，任飛龍把照片還給鄭一後人說：「你的照片很珍貴，要好好保管。」

「保管？」鄭一後人露出不屑的神情說，「一張舊照片，本來已沒有甚麼價值；而且，還要被形容是：一個精神有問題的人，手上有一張舊地圖照片。你覺得，有人會關注這件事嗎？」

「應該是有的吧。」

「沒有，沒有。他們一直當我說的話，是笑話。」鄭一後人帶點激動說。

海盜刻石與鄭頭領

說完，鄭頭領再次大力把門關上。

任飛龍知道已不可能取得更多的資料，所以沒有再拍門。他對鄔雅說：「我們現在去長洲，再從長計議吧。」

鄔雅說：「現在已經是黃昏了。現在去長洲，還可以做甚麼？」

「不知道，我們去碰碰運氣吧。」任飛龍說，「說不定，我們會找到那兩個神秘遊客呢。」

「鄭頭領的事，還要跟進嗎？」

任飛龍想了想：「我嘗試聯絡司馬 Sir，看看他能否找到鄭頭領報案的調查結果。」

歷史導賞

四山

鯉魚門三家村是漁村,有部分居民以打石為業。除了鯉魚門以外,牛頭角、茜草灣及茶果嶺一帶,都有居民從事打石業。這四個地方,合稱「四山」。當時,鯉魚門石礦場所開採的石材,多數會運送到外地,亦有運到遠至歐洲等地。

海盜的法規

許多海盜的手段都很殘忍,對俘虜的人加以虐待,甚至對其殺戮,是很平常的事。然而,根據學者葉靈鳳的研究資料得知,海盜鄭一的遺孀,承繼了鄭一海盜的團隊後,建立了一套較完善的「法律」。在《張保仔的傳說和真相》一書中,有提及:

任何兵卒不得私自登岸,違者處重罰。凡是提劫來的財物,立即登記,然後各船平均分攤,不得私匿,違者處死。凡是搶劫得的現款,立即送交該隊首領,撥出二成賞給經手者,其餘留作公用。凡向鄉民購買糧食軍火,必須公平付價,違者處死。擄得婦女,美貌者留充部眾妻妾,願贖者任其贖回,有家室者一律送回。凡擄得婦女上船,任何人不得加以姦淫,應先詳詢彼等身世,然後分別予以監禁。凡膽敢暗中或公然接近彼等者一律處死。

所謂「鯉魚門」，本身是用來形容海峽的形狀，即「地形像鯉魚口，海峽兩岸猶如門」，所以，有不少海灣都有鯉魚門這樣的稱呼。在明代著作《粵大記》中，香港已有鯉魚門這個地方。現在，九龍油塘一帶，以及對岸的香港島筲箕灣一帶，都稱為鯉魚門。

　　由於鯉魚門的景色優美，不少人喜歡在這裏欣賞海景，有「鯉魚夜月」的雅號，被譽為「香港八景」之一。

　　相傳，九龍的鯉魚門，曾被海盜用作哨站，而香港島的鯉魚門，曾是英軍在香港最早設置及最為重要的防禦工事之一，即現在的海防博物館。由於鯉魚門是港灣的入口，佔盡地利，是防守的理想據點。

　　任飛龍在澳門和鯉魚門得到地圖的信息，以及之前在長洲知道一幅地圖的資料，再加上鑑珍樓被盜的地圖，現在知道有四幅地圖出現了。

　　經過一天的辛勞，他們準備離開鯉魚門時，天色已經入黑。任飛龍和鄔雅二人，只好在鯉魚門品嚐一頓豐富的海鮮餐，既可以補充體力，又可以趁機會休息一下。

　　鯉魚門三家村是著名的海鮮街，除了吸引遊客外，也有不少愛吃海鮮的香港人，慕名到訪三家村。海鮮街的通道不算寬鬆，擠滿了三、四十家海鮮酒家及海鮮攤檔。

　　講到吃，是鄔雅的強項。當任飛龍提議在三家村用餐時，鄔雅馬上展露笑容，並帶任飛龍到相熟的海鮮攤檔買海鮮，然後再到酒家大吃一餐。兩個人坐在一張放滿海鮮的大圓枱。

整裝待發

儘管任飛龍也感到很肚餓，但望着滿桌海鮮，也不禁嚇了一跳；而鄔雅卻擔心不夠吃。結果，他們吃了：黃金蝦、蒜茸粉絲蒸大貝、芝士焗龍蝦、椒鹽瀨尿蝦、豉椒炒蟶子、海鮮豆腐湯、清蒸鮮鮑魚，還有一碟揚州炒飯。

任飛龍捧着肚子，飽得感到連思考的力氣也沒有了。要不是任飛龍及時阻止鄔雅，她還想吃清蒸石斑和豉椒炒蜆。任飛龍説：「你這個『橡皮肚』，根本就是一個黑洞……」

鄔雅有點不滿地説：「剛才是你説可以在這裏飽吃一餐的，但又不讓我點餐……」

「待我們完成工作後，再來吃一餐，好嗎？」任飛龍為了安撫鄔雅，只好答應下次再來吃。

鄔雅勉為其難，點頭答應。

晚上八時半，任飛龍和鄔雅離開三家村，準備出發到長洲。

三家村有一個碼頭，有渡輪直達西灣河，從水路去西灣河再轉車到中環，應該是比較快捷的。不過，當他們吃完晚飯後，最後一班的渡輪已經開出了。所以，他們只能選擇乘搭鐵路。他倆在三家村乘小巴到鐵路站，再坐鐵路到中環，再轉船到長洲。

由於路途遙遠，他們決定在乘車搭船期間，爭取時間休息一會兒。在這段路上，一路無話。

◇◇◇

吃飽了，又休息了，兩人的體力稍為恢復。

二人再次抵達長洲，已經是晚上十時。

「我們先到華威酒店休息吧。」任飛龍建議説。

「剛才我正在想，是否先要找一間渡假屋。原來你已經預訂了房間。」鄔雅舒了一口氣，「要是找不到地方，我們今晚可能要在碼頭露宿了。」

「長洲有很多渡假屋，就算沒有訂酒店房間，應該也不用留在碼頭。」

「你在甚麼時候訂房間的？」

「不是我預訂的。」

鄔雅一臉疑惑。

「是飛鳳幫我代訂的。」

「你的弟弟飛鳳也來了長洲？」

「是的，不過他有緊要事，走了。」任飛龍解釋着，「飛鳳告訴我，他已安排了長洲華威酒店 5268 房間。」

「這是向海的房間嗎？」

「房間是不是望向海，我不知道，但我肯定的，是對我們調查工作有利的房間。」

「為甚麼？」鄔雅有點不明白。

「飛鳳曾留言給我：大概在黃昏時候，我之前遇到的兩

個神秘遊客已返回酒店。他們的房間就在 5268 房間對面。為了方便調查工作，飛鳳還安裝了隱蔽鏡頭，可以監視他們出入。」

「如果是這樣的話，我們的調查就不用太辛苦了。」

「他還有其他信息留給我們嗎？」

任飛龍翻查平板電腦，看看飛鳳還留下了甚麼重要資料。任飛龍說：「飛鳳在長洲碼頭遇到那兩位神秘遊客，但沿路並沒有奇怪的事發生。兩位神秘遊客似乎是漫無目的，在長洲四處遊覽，跟一般遊客沒有分別。不過，飛鳳比較在意的，是他們去到了天后廟。」

「天后廟？」

「除了張保仔洞附近的西灣天后廟外，他們還去了北社天后廟，以及大石口天后廟，然而，經過長洲最大的玉虛宮時，卻沒有入廟參觀。似乎，他們只是對天后廟有興趣，在廟內拍了不少照片和做記錄。」任飛龍根據飛鳳留給他的資料，作簡單的分析。

「他們參觀了長洲所有的天后廟？難道天后廟內，有關於地圖的資料？或許，長洲天后廟跟澳門三婆廟一樣，藏有其他地圖的信息。」鄔雅覺得天后廟是他們的目標。

「長洲有四間天后廟，可能今日時間所限，他們沒有去南氹天后廟。如果沒有猜錯，他們明天就會在南氹天后廟出現。」

鄔雅透過手提電話翻查資料說：「讓我搜集南氹天后廟的資料……」

正當他們在計劃行程時，已經走到華威酒店了。他們在接待處取得房間鎖匙後，馬上登上五樓，然後看看四周環境後，就進入了房間。

不過，他們在房間裏並沒有休息，反而是繼續分析案情。

任飛龍說：「現在已知有四幅地圖。第一幅是屬於鑑珍樓的，有一個『保』字，第二幅是兩個遊客手上的地圖，有『地圖』二字，第三幅是鯉魚門鄭一後人擁有的，有『亞』字。這三幅地圖可歸屬同類。」

鄔雅點了點頭。

「第四幅是在澳門三婆廟的寶物，沒有特別字樣留下來。不過……」任飛龍有點疑惑，「由於沒有看過鑑珍樓和兩個遊客手上的地圖，很難作比較。」

「你的判斷是……」

「地圖的尺寸、物料，以及標示在地圖上的圖案和文字，都可以作初步的對照，可是，現在仍沒有足夠的資料作比較。初步估計，三幅有文字標記的地圖，可以湊成『亞保地圖』，或許，這三幅地圖已是藏寶圖的全貌。」

鄔雅表示讚同，「不過，亞保地圖，又是甚麼意思？亞保，就是張保嗎？」

「我相信有這個可能性。」

「那麼，那兩位神秘遊客又知道這個信息嗎？」

任飛龍繼續說：「那兩位神秘遊客應該還未有足夠信息的，否則，他們不可能仍在長洲慢條斯理的在天后廟搜集資料。」

說到這裏，鄔雅說：「我已經找到南丫天后廟的資料，現在告訴你吧。」

「好的，怎麼樣？」任飛龍緊張地說。

「廟宇於 1968 年重修而成，原來的興建年份已不可考。廟內已沒有重要的文物。除了天后娘娘外，廟內有陪神千里眼和順風耳，而廟外供奉了一尊觀音像。」鄔雅讀着搜尋到的資料。

「還有其他資料嗎？」

「有的。」鄔雅繼續說，「由於廟宇離島的中心較遠，平日較少善信到廟宇參拜；估計廟宇落成較遲，名氣不及其餘三座天后廟。不過，天后廟位處南丫海濱，環境優美，加上人煙較少，是清修的好地方。」

「一如我所料，這裏沒有所需的資料。」任飛龍說。

「你憑甚麼這樣說？」

「如果南丫天后廟有重要的資料，那兩個遊客應該第一站就去南丫了。」

「那麼，我們不需要調查南丫天后廟了嗎？」

「這點，我還未可以確認。」任飛龍說，「反正，我

們現在沒有任何線索，就按着那兩個遊客的步伐，開始調查吧。」

「這樣會否白費心機，徒勞無功呢？」

「不一定。」任飛龍有信心說，「那兩個神秘遊客也不會做冒險又浪費時間的事吧。」

鄔雅支持任飛龍的想法：「我們要跟着兩個神秘遊客，至少要得到他們手上的地圖。」

「英雄所見略同。」

整裝待發

歷史導賞

香港八景

　　香港景色優美，有所謂「香港八景」，不過，當中有些景色已經消失了。這八個景色是：

▶ 「旗山星火」：是八景中之首景。它與歷代八景中的「香江燈火」、「飛橋夜瞰」一樣，是指從太平山頂觀看夜色中的港島，萬家燈火之瑰麗景色。

▶ 「赤柱晨曦」：指每當晨曦初上，旭日東昇之時，赤柱半島被染得赤紅，又稱「赤柱朝陽」、「赤柱朝曦」。

▶ 「淺水丹花」：指碧水盈盈的淺水灣，跟萬紫千紅的杜鵑花交相輝映，構成一幅美麗的春景。

▶ 「虎塔朗暉」：指虎豹別墅院內六角形的白塔，於日出時，迎着朝陽，披着彩霞的美麗景觀。

▶ 「快活蹄聲」：描述快活谷賽馬的盛況，馬蹄聲聲牽動成千上萬馬迷之心。

▶ 「鯉魚夜月」：指晚上的鯉魚門，在月光的映照下，欣賞維多利亞港的美景。

▶ 「殘堞斜陽」：指九龍城寨的殘垣斷堞，加上在餘暉中，形成一個舊的歷史畫面。

▶ 「宋台懷古」：指宋王台公園記載了宋朝歷史的最後一幕，人們到此懷古之心油然而生。

香港海防博物館

位於筲箕灣東喜道 175 號，面積約 34,200 平方米，是香港唯一以軍事為主題的博物館。

館址座落於鯉魚門海峽的岬角上，前身是舊鯉魚門炮台。香港海防博物館於 2000 年 7 月 25 日開放予市民參觀，同年 8 月 31 日舉行開幕禮。

香港海防博物館由三個區域組成，包括接待大樓、堡壘及古蹟徑。博物館的主要室內展區位於岬角頂部的堡壘內，堡壘中央設有一個露天廣場，經改建後的堡壘上方設有大型帳篷天幕，令露天廣場成為自然採光充足的戶內建築部分；而堡壘內有不同展廳，分別展覽香港在不同年代的防衛歷史。

堡壘展廳帳篷天幕曾於颱風山竹吹襲香港期間，受到嚴重的破損。2018 年 9 月 17 日起閉館，並進行翻新工程，到 2022 年 11 月 24 日才重新開放。

深夜，在華威酒店的五樓，任飛龍根據弟弟飛鳳所留下的資料，與鄔雅商討對策。

正當他們策劃「尋寶」大計的時候，任飛龍的手提電話響了起來。

「這是司馬 Sir 的來電。」任飛龍拿起手提電話，並開啟了免提裝置說，「喂，是司馬 Sir 嗎？」

「是，我查到一些資料，或許對你了解事件有幫助。」手提電話傳來司馬 Sir 嚴肅的聲音，「不過，部分信息不可外泄，所以，我只能説出重點。」

「我們了解的，你説吧。」

「有三件事，很重要的。第一，早前襲擊我們的人估計仍然留在長洲，警方得到的線報，指他們約有二十人，現在分佈在長洲幾個據點，但未能掌握他們的動向。」

「一班人來到長洲，肯定是有大茶飯吧。」

「第二，我調查了鯉魚門的案件。那位自稱鄭一的後人，的確是有鄭頭領的外號。他曾經多次報警，而最後一次報警的內容，表示有一幅藏寶圖被盜。由於這個人的行為怪異，又是警署的常客——不是別人舉報他，就是他報警控告別人。因此，對於藏寶地圖失竊的事，警方收到鄭頭領的報案後，對方並沒有提供足夠的資料，所以警方只能進行有限度的調查。而疫情爆發後，鄭頭領沒有再報警了。」

「那麼，鄭頭領手上的地圖被盜，是真有其事嗎？」

新信息

「過去，鄭頭領有不少虛報案件的情況。這次藏寶地圖失竊的事，是真是假，只有他自己才知道。」

「無論案件是真是假，鄭頭領的確有一張舊地圖的照片，就算他沒有擁有過地圖，也可能真的見過地圖。」

「的確是有這個可能性的。」

「還有第三件事呢？」

「鑑珍樓的失竊案，引起了網民的興趣，曾經有一幅懷疑是失竊地圖的照片，貼在社交網站上，不過，很快就被刪除了。」

「如果曾經在網絡上出現過，應該有辦法找到吧。」

「現在仍未知道，但搜證情況未如理想。」司馬 Sir 繼續說：「我現在還有其他工作，稍後我再到長洲，跟你們匯合吧。」

「好的。」

◇◇◇

大概三十分鐘後，任飛龍收到司馬 Sir 傳來的照片，說是被刪除的照片原貌。

手提電話的螢光幕馬上顯示了一幅舊地圖。

「這幅地圖印有『保』字的，莫非真的是屬於鑑珍樓的地圖？」

任飛龍嘗試把鑑珍樓和鄭頭領的地圖照片並列排在一起：「這樣就能清楚看到兩幅地圖了。從外觀上，兩幅地圖

的形狀、尺寸，以及線條，都很一致。地圖應該是屬於同一系列的。雖然只是照片，但從照片上看，兩幅地圖不是用紙製的，很大可能是用羊皮製作的。」

「還有，兩幅地圖都有香港的地名，但沒有重複名字，換言之，把所有地圖拼在一起，可以看到地圖全貌。」鄔雅補充説。

任飛龍也同意這點：「我嘗試再拼上在三婆廟得到的地圖，或許會更加清楚。」

這時，任飛龍在鍵盤上按了幾個鍵，三幅地圖並列着展示出來。

「對吧，在澳門三婆廟的地圖完全是另一種風格。」任飛龍點點頭，「現在，我們把三婆廟的地圖放在一旁，先處理好『亞』字地圖和『保』字地圖吧。」

「如果兩個遊客手上的地圖是第三部分，那麼，我們就能揭開藏寶之謎了。」鄔雅説，「我們只要跟着他們走，就能把他們的地圖得到手。不過，地圖會不會是假的呢？」

「地圖的真偽，還是要留待專家鑑證，而且我們沒有看過地圖的真跡，對於真偽的事，我們很難説得明白。不過，以現階段來推斷：我估計應該不是贋品。」

「無論如何，我們還是要先得到地圖。」

「要把對方的地圖弄到手，只是時間的問題。」任飛龍托着頭説，「究竟那兩個遊客還知道甚麼信息？他們是否對

這兩幅地圖毫不知情？」

「你的意思是，那兩個遊客所搜集到的情報比我們多？」鄔雅感到不可思議。

任飛龍猜想着：「他們不可能只有一幅地圖的信息，就貿然來到長洲的。說實話，我們看到兩幅圖，也沒有明確標示長洲有寶藏。我們在這裏，全憑『亞』、『保』兩個字而已。」

「『亞保』真的就是指『張保仔』？」

「以你的猜測，他們之所以來到長洲，是有其他關於藏寶地圖的信息？」鄔雅追問下去。

「正所謂知己知彼，百戰百勝。如果不從對方的角度去思考，我們很難猜到對方的下一步行動。當然，現在只是我個人的猜想，沒有甚麼證據的。」任飛龍分析着現在的情況，「而且，現在還有另一班人在長洲，似乎另有圖謀。這班人又可能掌握着不同的信息。總之，包括我們在內，有三批人，因為得到不同的信息而到達了長洲。」

「如果是這樣的話，難道長洲真的有張保仔寶藏？這實在是太有戲劇性了。這天發生的事，簡直就是小說的情節。我可以寫下來，拍成電影嗎？」鄔雅覺得難以置信，「如此看來，昔日粵語片時代的女飛俠，可以再一次重現大銀幕了。」

「雖然我覺得長洲有寶藏的事，是不太真實的，但以現

在的情況來說，還是有這個可能性。」任飛龍也附和說，「或許，不只是女飛俠劇情，還有我這位名探長，可以再展威風了。」

鄔雅充滿幹勁地說：「好，我要為了寶藏而努力。我現在了解一下長洲的情況，準備明早掘寶藏。」

「坦白說，我對仍有寶藏的事，仍是有點保留的。不過，我覺得這是一個很有趣的遊戲。」任飛龍也是興致勃勃，「我也想知道答案。」

鄔雅表示支持地說：「好的，我會看着房間內的監視系統，留意着兩位神秘遊客有沒有進一步的行動。」

「好的，就這樣安排吧。」

任飛龍和鄔雅同聲回應：「我們一起加把勁吧。」

任飛龍又說：「我們要在司馬 Sir 來到長洲前，解決問題。否則，萬一真的有寶藏，司馬 Sir 一定會說：寶藏是屬於政府的，你們不可以私下侵佔，否則，你要觸犯法例。」

鄔雅笑了笑：「如果我們真的找到寶藏，也是一個難得而有趣的經驗。這算是賺了。」

正當二人說得興高彩烈時，隱蔽鏡頭的顯示燈不停地閃着。任飛龍和鄔雅透過隱蔽鏡頭，看到住在對面的兩個神秘遊客，帶着背包，靜悄悄地走了出酒店房門。

「他們竟然在凌晨三時半出發。在這個時候離開房間，難道他們要登山看日出嗎？」任飛龍輕聲的說，「或許，我

們現在也要行動了。」

「放心，我早已有所準備。」鄔雅充滿信心地說。

歷史導賞

文物拍賣

拍賣行對文物的真偽會作出初步的鑑定，而拍賣行亦有規定，例如：

競投人應在拍賣日前，以鑑定或其他方式審看原物，對欲競投之拍賣品的實際情況進行了解。拍賣圖錄的文字及圖片是對拍賣品的作者、來歷、日期、年代、尺寸、材料、真實性、出處、保存情況和估價等提供意見性說明，僅供競投者參考，拍賣行對拍賣品的真實性及保存情況等不作任何擔保。

在拍賣前，賣方應確保滿意拍賣品的狀況，並自行判斷拍賣品的真偽，所有物品以「現狀」出售，拍賣行不對任何拍賣品的描述或真偽負責。

第十話
深夜尋寶

華威酒店於 1980 年開幕，是當時長洲島上唯一的酒店。酒店位於長洲東灣沙灘旁，風景優美，所以，酒店的六十八個房間，大部分都是面向海景，只有少數房間是對着山景。

至於東灣，是長洲最長的沙灘，由康樂及文化事務署管理。從酒店走到沙灘另一端的盡頭，約要十五分鐘步程。每逢假日，東灣都有不少遊客到訪，是島上的渡假勝地之一。

在 5268 房間裏，任飛龍和鄔雅見到住在對面房間的兩位神秘遊客，離開了房間，似乎是有所行動。他們二人也做好準備，趁着黑夜，跟着神秘遊客。

「天還未亮就出門，他們一定有見不得光的事要辦。」任飛龍磨拳擦掌，對鄔雅說，「或許，今晚就能破案了。」

鄔雅輕聲說：「好的，我們出發吧。」說完，任飛龍和鄔雅趕到酒店大堂，跟在兩位神秘遊客的後面。

兩個遊客步出酒店，沿着長洲體育路上了斜坡。

「在深夜上山，他們要到甚麼地方呢？」

兩個神秘遊客的身影一直在任飛龍的視線範圍：「我們也要出發。」

兩位神秘遊客沿着長洲體育路走，沒有轉入觀音灣路，只是沿着運動場外的路走。

鄔雅問道：「你猜，他們的目的地是在哪裏？」

「這個方向嘛……」任飛龍望着手提電話的地圖，想了又想，「難道……」

鄔雅忽然也想到一個地方，「啊！」了一聲。

任飛龍和鄔雅不約而同地說：「莫非就是……南氹天后廟。」

「在深夜時分到南氹天后廟，肯定有鮮為人知的秘密。我們要儘快趕到天后廟。」任飛龍咬緊牙關說。

「今次，他們一定插翼難飛。他們要在我們面前逃走，也不是容易的事吧。」

「總之，我們的行動要小心。如果在途中發生甚麼事，千萬不要輕舉妄動。」任飛龍繼續說，「不要跟他們有衝突，硬碰硬的話，只會自討苦吃。」

鄔雅握緊拳頭說：「要是遇上匪徒，我要把他們一網打盡。」

說着說着，任飛龍和鄔雅已追到三岔口，然後，按着神秘遊客所留下的足印走。

他們從長洲體育路走，經過長洲運動場。

任飛龍猜想：「這兩個神秘遊客在長洲山頂道轉入花屏路，再走思高路，一如預料之內，他們的目的地真的是南氹天后廟。」

兩個神秘遊客慢慢走，沿途除了遇到幾頭流浪狗外，並沒有發生甚麼事；當然，兩個神秘遊客似乎也沒有察覺到有人跟在他們的後面。

天還未亮，一眾人先後抵達天后宮。

南氹灣不是沙灘，只是一個石灘。天后宮位於臨海的空地，空地的名稱是南氹公園。在這裏，可以欣賞海浪拍岸濺起水花的畫面。

不過，由於仍在天黑時分，誰也看不到浪花，只聽到一陣陣的海浪聲。

兩個神秘遊客站在天后宮前，看着有點點燈光的大海，然後拿出地圖跟眼前的環境作對照。

任飛龍和鄔雅二人躲在一旁，等待兩個神秘遊客進一步的行動。

鄔雅取出配備了夜視功能的相機，拍下了他們活動情況的畫面，「他們所拿着的地圖，難道有南氹天后宮的資料？」

「不用心急，我們還是靜觀其變吧。」

「如果我們能得到這幅地圖，就知道地圖的秘密了。」

過了一會兒，石灘上有一條人影出現，慢慢走到天后宮前，跟兩個神秘遊客交頭接耳。這個人跟兩位神秘遊客談了幾句之後，又匆匆離開了。

「這個人是誰呢？」

任飛龍回應着：「或許，他才是幕後黑手。」

「這起案件有多少人涉案，我們並不知道，現在不要出手為妙。」

「正確。他們三人仍未有進一步的行動，還是不要輕舉妄動。」

忽然，有十多人從石灘及廟的附近走了出來。

「這裏有埋伏！」兩個神秘遊客叫喊着，旋即握緊雙拳，擺出打架的姿勢。

任飛龍看到這個場面說：「這班人肯定是昨天我們所遇到的匪徒。他們竟然早就猜到兩個神秘遊客的目的地是南氹，還在這裏設下埋伏。他們真的不簡單。」

「我要把這個場面拍下來⋯⋯」

但鄔雅還未說完，她發現自己身後多了幾條身影。

任飛龍反應快，趁對方還未出手，已衝上前揮了兩拳：「你們竟然送上門嗎？這次我不會放過你們。」其中一個人馬上昏倒地上。

鄔雅一閃一避，對方對鄔雅亦顯得束手無策。鄔雅原來從未顯示身手，不要以為她身形嬌小就是弱質女流，原來她是有名的散打王，一般人根本無法傷她半條汗毛。

鄔雅左跳右躍，沒有人跟得上她的速度，這就是鄔雅的看家本領。不過，礙於天黑，又被環境所限制，雙方都佔不到上風。經過幾個回合的交戰，任飛龍和鄔雅壓制了對方，並順利把對方擊退。

任飛龍找到另一個可望到天后宮的地方，判斷一下現時的敵我形勢：天后宮前的空地不算空曠，現在有一班人在混戰。兩位神秘遊客武功出眾，儘管雙方人數比例差距懸殊，他倆用以一擋十的姿態，竟然令對方佔不到好處。

鄔雅看到眼前的情景，嘆了一口氣，「唉，究竟是敵是友，現在實在無法分辨……」

「或許，沒有敵人，也沒有朋友，只是所有人來了一場大混戰而已。」任飛龍有感而發。

雖然雙方勢均力敵，但由於對方人數太多，兩個神秘遊客漸漸體力不繼，無法擺脫他們。交手了一段時間，對方的進攻明顯加快，兩位神秘遊客慢慢被圍在人群中，對方更找到了一個破綻，把大隻魁梧的遊客擊倒了。

由於有了急劇的轉變，情況對兩位神秘遊客極為不利，畢竟，對方在人數有壓倒性的優勢。這樣的持久戰，只會以人數多的一方，成為勝利者。

「這下子，他們要輸了嗎？」任飛龍眼見兩位神秘遊客被重重圍困。

較大隻的神秘遊客負着傷勢，想衝出重圍，但不成功，竟意外地被對方從後偷襲。對方乘勝追擊，迫得兩個神秘遊客走到天后宮前，給十多人包圍着。

「你兩個休想再逃了。」其中一個人説。

「你們想怎樣？」

「地圖。你知道的。」

「地圖？」

「你是聰明的人，把地圖交出來，我們不會難為你，並且會放過你們的。」

兩個神秘遊客哪裏肯就範，想作最後的反擊。

「我們想得到地圖，但對方也是想得到地圖吧。」任飛龍深深不忿地說，「要是在我眼底下，給這幫人搶走了地圖，我是不甘心的。」

「對方人數多，我們還可以怎樣？」鄔雅也感到有點不知所措，「如果兩個神秘遊客被打敗了，我倆也不會有好下場。」

正當任飛龍和鄔雅還在猶豫，該怎樣做之際，兩個神秘遊客已被打得筋疲力盡。

「我只是要地圖，你們交了出來，就可以解決問題了。」對方催促着說，已顯得有點不耐煩。

較斯文的遊客舉起雙手，示意投降說：「好吧。」然後，他遞上地圖，「給你吧。」

其中一個匪徒接過了地圖，瞄了一眼，卻把地圖擲在地上。

這個畫面，嚇得任飛龍和鄔雅呆了一呆。

把地圖擲在地上的人繼續說：「我要的是真跡，不是這幅複製品。」

說完，有三個人衝上前，牢牢的捉住了斯文的遊客，又有一個人奪走了他的背包，並從背包裏拿出一個盒子說：「這裏藏着的，才是真品吧。」

對方打開盒子，拿出了一張羊皮地圖，露出奸笑說：「真

品是古董，你不會放在房間，一定會帶在身旁。我說得對嗎？」

兩個神秘遊客沒有回應。

「你們告訴 Tony，不要妄想可以出高價買回地圖了。」

「Tony？地圖？」任飛龍說，「這個名字有點耳熟，莫非是鑑珍樓被盜的地圖的原買家？如果是真的話，那麼，鑑珍樓的案件，真的跟他們有關嗎？」

「真假已不重要了，我猜，他們已集齊了地圖。」鄔雅說，「我還是看不下去，我要出手了。」

任飛龍也覺忍無可忍：「要是只能眼巴巴被匪徒搶了地圖，倒不如放手『盡地一煲』。」

鄔雅點點頭，準備動身。

歷史導賞

觀音灣

長洲觀音灣，因有一座水月宮（供奉觀音的小廟）而得名，而連接觀音灣的，還有觀音灣路。

觀音灣最有名氣的，不僅是觀音，還有香港首位奧運金牌得主、滑浪風帆選手李麗珊的練習場。

1996 年，李麗珊於亞特蘭大奧運會奪得香港首面奧運金牌。於奧運會後，觀音灣旁的小公園，豎立了一座滑浪風帆運動雕塑，以紀念李麗珊為香港創下的世界佳績。現在，觀音灣的水上活動中心亦提供風帆設施，以供對風帆活動有興趣的人士租借。

長洲運動場

運動場於 1983 年 4 月正式啟用，是離島區內唯一的運動場。長洲人口多，也有幾所學校，為了使島上居民和學生有較理想的運動場地，遂興建了一個室外運動場。運動場並不是標準運動場，只是一個小型運動場，有一組長二百五十米的五線跑道，還有其他基本運動場設施。

不過，任飛龍等人經過運動場時，運動場已改為臨時救援直升機停機坪。據說，這是 2018 年超強颱風山竹襲港時，原在酒店旁的直升機坪受到破壞，於是，直升機改在運動場升降，運動場至 2019 年重新開放。

長洲直升機坪

全港約有一百五十個公共直升機坪。

長洲的直升機坪多數用作緊急救援，方便急於求診的人，可以由長洲醫院送往直升機坪，再把傷者運到香港島。

2018 年，超強颱風山竹吹襲香港，長洲的直升機坪受嚴重破壞，而通往直升機坪的唯一道路亦受到破壞。於是，為了維持飛往長洲的直升機服務，臨時的直升機坪改在長洲運動場。臨時改動的措施，由 2018 年 9 月 18 日開始，直到 2019 年 3 月 1 日下午六時，長洲直升機坪才重新開放。

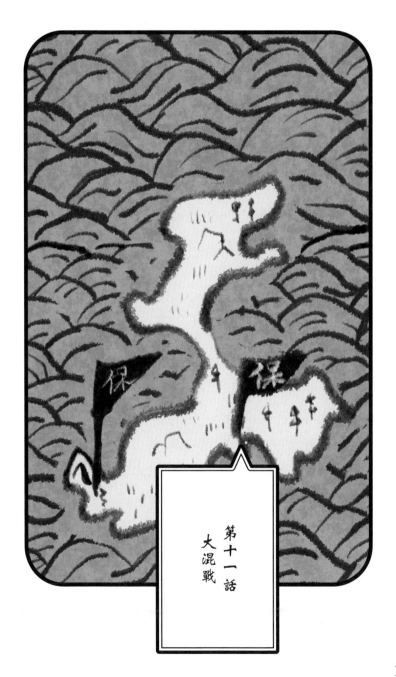

第十一話
大混戰

正當地圖快要落入不知名人士手中，任飛龍和鄒雅準備還擊之際，忽然，一把聲音從石灘方向傳來：「快點奪回地圖。」

所有人都望向聲音的來源。

剛才出現的身影，又再從石灘跳了出來。這次，他的手上拿着三節棍。

由於事出突然，一眾不知名人士來不及反應。那條身影把三節棍一揮，擊中了一個人，那個人應聲倒地，動彈不得。

「你休想奪回地圖。」其中一個人說道，「這三個人是一伙的，不要給他們離開。」

這時，兩個神秘遊客隨即發難，一個去搶回木盒，一個想殺出一條活路。

較斯文的遊客追着拿着木盒的人，體形較大的遊客則想打出一個決口，好讓在搶得木盒後，作為逃生路線。這三個人，很有默契。

任飛龍和鄒雅看到這個場面，也加入戰圈。不過，他們二人並不是要對付任何人，目標是要奪得地圖。

拿着木棍的人也衝向拿着木盒的人，他手上的木棍一揮，擊中木盒，木盒飛到半空，跌在天后宮的大門前。

幾個人，一湧而上，要爭奪木盒。

於是，在南丫公園的空地上，聚集了約二十多人，共同爭奪一幅地圖。這個情況，猶如在節誕搶花炮一樣，你爭我

大混戰

奪，跑來跑去，好不熱鬧。

「雖然來了一個拿着三節棍的人，但對方人數多，就算能搶到地圖，也不一定可以安全逃走。」鄔雅對任飛龍説，「我掩護你，你去搶地圖，然後就趁機逃跑吧。」

「好的。」任飛龍利用敏捷的身手，閃身走到天后宮前，再來一個翻身，把地上的木盒撿走，然後立刻拔足逃走。

兩個神秘遊客見到木盒被搶，想攔截任飛龍，可惜被幾個不知名人士纏着。

任飛龍向樓梯方向走去，但前路被三個人所阻。任飛龍走來走去，也找不到出路，他心生一計：「不如逃到石灘吧。最危險的地方，可能是最安全的地方。」

豈料任飛龍一轉身，發現石灘又跑來了十多人，嚇得任飛龍又要四處逃跑。

「究竟那幫匪徒有多少人？」任飛龍面對人數眾多的敵方，顯得有點吃力了。

「還是向樓梯方向走吧。」任飛龍決定了方向，「希望從這條路能夠逃脫。」

正當任飛龍想正面衝向站在樓梯前的三個人時，那三個人突然倒在地上。他們三人背後，多出了一個人。這個人，就是飛鳳。

「你終於來到了。」任飛龍看到飛鳳，舒了一口氣。

「你拿着地圖走吧。」飛鳳拉着任飛龍，「我和鄔雅殿

後。」然後，任飛龍率先離開了打鬥現場。

飛鳳對鄔雅說：「走吧。不要再留下來。」飛鳳拉着鄔雅，不想鄔雅留下來，免得受傷。

「不用擔心，我們不會跟這班亡命之徒糾纏的。」鄔雅附和着說，「地圖已到手，現在是要趕緊逃命。」

「好的，總之大家要小心。」任飛龍催促着說，「我們不要硬拼，一起逃走吧。」

任飛龍等三人拿着木盒不斷走，來到了長洲家樂徑。任飛龍喘着氣說：「這兒應該安全吧。」

鄔雅上氣不接下氣，臉色一沉，指着前方說：「他們是……」

原來有幾個人早就在長洲家樂徑等候，其中一人說：「我早就猜到你們想逃走了。」

「這次糟糕了。」任飛龍停了下來說，「又要再打了嗎？」

其中一個人向任飛龍手上的木盒衝來，任飛龍左閃右避，避開攻擊。這時，其他人拿着木棍一擁而上，正如中國人有句說話：「亂棍打死牛魔王」。任飛龍沒有牛魔王的本領，一時未能招架得住，被迫吃了兩下悶棍，跌在地上。幸而飛鳳和鄔雅在場，跟接了對方幾招，否則，任飛龍可能要再吃點苦。

要擺脫困境，只能解決面前幾個人，否則，要是在南丫

大混戰

天后廟的人趕到來，真是沒路可逃。

飛鳳首先出腳，施展凌空飛踢，把一個人踢得老遠，而鄔雅從後擊中一個人後頸部分，那人便暈倒在地上。

任飛龍、飛鳳和鄔雅三人合力，把這幾個人擊退。正當他們以為脫險時，草叢傳來一些聲音。

「誰？」鄔雅大喊道，「那裏有人嗎？」

「不要，不要打我……」一個人在草叢裏慢慢爬了起來。

「你是誰？」

「我是晨運的……剛才……我被嚇得……」那個人吞吞吐吐地說。

「你是村長？」任飛龍望着草叢裏的人說。

「對，對……啊，原來是你……」村長緊張地說，「我是來晨運的……」

「你來晨運，怎麼又會躲在草叢裏呢？」鄔雅把村長從草叢中拉了出來。

村長拍拍胸口說：「我每天都在這兒一帶晨運的。剛才來到這裏，聽到很嘈吵的聲音，以為又有打架事件。正當我想轉身就走時，又有一班人衝了上來。當時，我沒路可走，就躲到草叢裏……」

「幸好你遇到我們，否則，那幫人是不會放過你。」

「那兒有條小徑，可穿過神學院，然後直達長洲山頂路。」村長說，「要離開這裏，對我來說，也是不太難的。

不過，剛才事出突然，嚇得我慌不擇路，走入了草叢……」

「原來如此。」任飛龍望着崔老頭所說的小徑方向，「我想到了辦法。」

「甚麼辦法？」鄔雅好奇地問。

「正所謂『猛虎不及地頭蟲』，那幫人怎也敵不過住在這裏的地膽。」

「這是甚麼意思？」

任飛龍把木盒交給了村長說：「麻煩你帶着這個木盒從小徑離開這裏吧。稍後，在早上九時，你帶着木盒返回西灣張保仔洞，再交還給我，好嗎？」

「木盒裏是甚麼東西？」

「一幅地圖而已。」

「地圖？」

「放心吧，不是危險品。」

「我當然放心，你們來長洲就是要捉壞人，我怎能袖手旁觀？」

「有你的幫忙，實在太好了。」

「好的。我從小徑離開，早上九時再見。」說完，村長快步離開這裏。

任飛龍等人看着村長的身影消失後，對飛鳳和鄔雅說：「我打算返回南氹天后宮。」

大混戰

「你不怕嗎？」

「怎可能不怕？但我也想了解情況。如果不知道他們的情況，我們根本不可能帶着地圖安全離開長洲的。」

「那麼，我們一起去吧。」

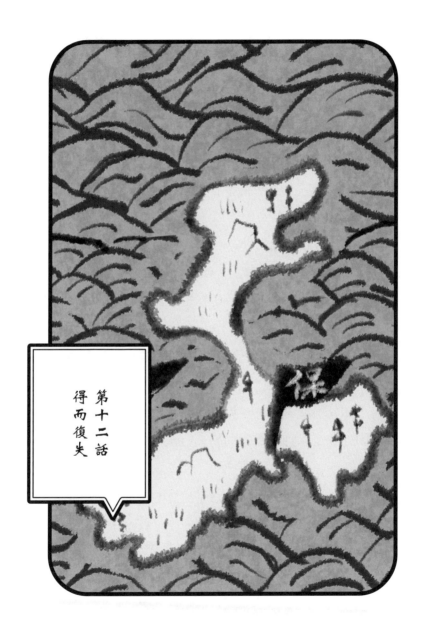

第十二話
得而復失

在一場混戰之後，終於把藏寶圖得到手。為免藏寶圖再次落入不明身份的人士手中，任飛龍把藏寶圖交給村長，讓他從小路帶到安全的地方。

任飛龍帶着弟弟飛鳳，以及女助手鄔雅，決定返回南氹天后宮。

當他們抵達現場時，發現一眾人等仍在混戰中。原本他們三人想直衝入戰場，但擔心會成為兩幫人的焦點，所以，還是決定靜心看看局勢的變化。

忽然，不知在哪裏傳來了敲鑼的聲音，兩幫人馬上停手，還撤回自己的陣地。不消三分鐘，所有人離開了南氹天后宮，廟宇前的空地又回復平靜。站在遠處的任飛龍等人，只好目送着眾人離開。

「這是有人鳴金收兵嗎？」任飛龍對剛才的敲鑼聲有所懷疑。

「不管怎樣，他們撤退了，也未嘗不是一件好事。至少，我們可以安心處理藏寶圖的事。」鄔雅覺得換來了短暫的平靜。

任飛龍看看手錶，其實已是清晨五時半，天色亦開始漸漸放明。「現在時間尚早，可以先吃早餐，休息一會兒，然後再找村長吧。」

「好的。」

於是，一行人返回長洲街市附近的冬菇亭，慢慢享用早

餐，然後再坐街渡到西灣。

　　大概是整夜沒有睡覺，還被迫參與了一場激烈的打鬥，他們三人都顯得筋疲力竭。在吃早餐的時候，鄔雅已呼呼入睡。而任飛龍和飛鳳，則以打坐形式進行休息，讓身體回復能量。的確，他們三人稍作休息之後，體力雖未能即時恢復，總算回復了一些體力。

　　約早上八時四十五分，他們已到了西灣張保仔洞前，等待村長的來臨。

　　他們吹着海風，在暖和的陽光下，感到特別舒適。「我來了長洲一整天，只有這刻才感到舒服。」鄔雅説。

　　「經過一夜煎熬，雖然沒有逮捕匪徒，但能取得地圖，也算是不錯的。」任飛龍也覺得現在是最舒適的時候。雖然還有很多關於藏寶圖的疑問尚未解決，但現在已得到藏寶圖，感覺已處理了大部分問題。

　　「其實，那兩幫人馬失去了地圖，應該不會就這樣離開長洲的。」飛鳳説，「現在，他們只是躲在某個地方，等待合適的時機，就會隨時出手。」

　　「這幅地圖到手後，我們應該怎樣處理呢？」鄔雅問任飛龍，「坦白説，對於藏寶圖、尋寶的事，我真的沒有頭緒，完全不知應該怎樣做。」

　　「待我們看看地圖的真面目，才作決定吧，」任飛龍解釋説，「或許，這些根本不是藏寶圖，甚至連文物也稱不上，

只是一些舊地圖的仿製品而已。」

說着，說着，九時已到了。各人正期待村長的現身。

可是，十分鐘、三十分鐘、五十分鐘……過去了，村長並沒有現身。任飛龍、鄔雅、飛鳳感到有點不安。

「難道村長發生了意外？」

「莫非他在逃走期間，被其他人擄走了？」

「是我們害了村長嗎？」

你一言，我一語，大家都在討論着村長的情況。

「這樣也不是辦法。」任飛龍說，「無論如何，我們也要找到村長。」

「長洲地不廣，人不多，但要找一個人，也不是容易的事。」鄔雅說，「這次，我們真的需要地頭蟲幫手了。」

「地頭蟲？除了村長，還有甚麼人是地頭蟲？」

鄔雅一臉嚴肅地說：「報警。」

「報警？」

「是。我相信，長洲的警方一定認識村長的。」

任飛龍點了點頭，然後致電到長洲警署，希望可以找到村長的信息。

經過初步的調查，警方的回覆是：對於村長這個人，一點兒印象也沒有。警方表示：「如果我們沒有猜錯，這個人不僅不是村長，他應該不是島上的居民。因為島上沒有一個

得而復失

村長是姓崔的，連近音姓崔的，也沒有。」

「為甚麼會這樣呢？」任飛龍說，「村長不是島上的居民？」

「唉！」鄔雅嘆了一聲，「這次真的是老貓燒鬚了，我們竟然被一個不明來歷的人，徹底欺騙了。」

任飛龍也嘆了一口氣說：「我實在太大意了。這個村長，不是島上的居民，還可能是其中一伙的成員。這簡直是叫人感到晴天霹靂的事。」

「為甚麼你也認為村長不是島上的居民呢？」

「你們試想想：我們兩次遇襲，都是湊巧地遇到村長的。你認為，這兩次事件真的是巧合的事件嗎？」任飛龍自責地說，「他假裝在現場出現，讓我放下了戒備心，並取得我的信任。而我竟然沒有懷疑他的身份，完全信任了他。」

「我們豈不是白白把藏寶地圖送給賊人？」鄔雅也有點不忿地說。

任飛龍無奈地點了點頭。

「那麼，我們呆坐在張保仔洞也不是辦法。」飛鳳說，「這幫匪徒人數多，要全部撤離長洲也不是容易的事。趁他們有機會仍留在長洲，不如我們碰碰運氣，四處看看，是否會見到他們的蹤影。」

任飛龍想了一想：「這是沒辦法之中的辦法了。」

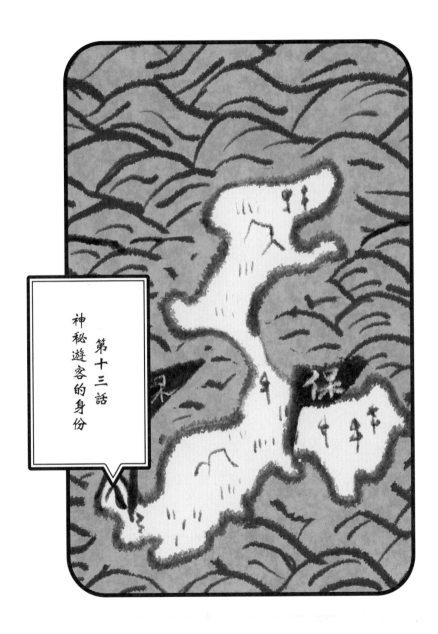

第十三話
神秘遊客的身份

任飛龍等人在張保仔洞等了又等，差不多過了兩小時，村長還是沒有出現。

　　「村長應該不會來了。」任飛龍說，「地圖沒有了，假村長失蹤了，那幫不知名的人又四散了……」

　　鄔雅安慰他說：「調查地圖的事應該還未終結的，我們現在作最後努力，希望可以再次遇上他們。」

　　三個人，一邊四處張望，一邊討論案情，看看有沒有遺漏的線索。

　　鄔雅感到疑惑：「除非假村長是兩位神秘遊客的人，否則，神秘遊客失去了地圖，又怎會就此罷休？」

　　「假村長也可能是來自那幫不知身份的人。畢竟，在兩幫人裏，是敵是友，我們還是完全沒有掌握。」

　　「現在，最關鍵的人物是那個假村長，究竟他在哪裏呢？或許，他真的不屬於任何一方。」任飛龍說，「是他走了，還是被人捉了呢？」

　　就在這個時候，他們察覺到附近有人出沒。

　　「你看，這三個形跡可疑的人，在天后廟附近徘徊。」鄔雅細聲地說。

　　「從他們身後的背影來說，其中兩位的確有點像神秘遊客。為甚麼他們又來到西灣天后宮？」

　　「我們現在沒有頭緒，不如跟着他們，看看有沒有意外收穫。」

「是的，現在呆在這裏，也是無補於事。」

於是，任飛龍三個人放輕腳步，去西灣天后廟看個究竟。

走了不足五分鐘步程，他們已來到了天后廟附近。

鄔雅仔細打量着：「那三個人手上沒有武器，進入了天后廟。」

「那麼，我們也到天后廟吧。」

任飛龍等人，以迅雷不及掩耳的步伐，來到天后廟前。任飛龍和飛鳳分別站在廟門口的兩旁，想窺看廟內的情況。

然而，他們在門外的行動卻被發現了。廟內有一把聲音傳出來：「你們不要鬼鬼祟祟了，我也有話要跟你們說清楚。」

任飛龍聽到這番話後，只好大方地走到廟門前。

這時，廟內的兩個人慢慢步出廟。原來正是之前的兩位神秘遊客。

「我們終於見面了。」任飛龍跟對方打了個照面。

「你們一直跟着我們，還在酒店房間外安裝隱蔽式鏡頭，你怎能說：『我們終於見面了』呢？」其中一個較斯文的遊客說。

「你們究竟是誰？」任飛龍有點詫異，原來自己的部署早就被識破了。

「我們是誰？你不是早就知道了嗎？」身形較大隻的遊客指着飛鳳說。

「我？」

「不是嗎？我們在登記入住酒店時，我們不是已見過面了嗎？」

「原來那時你們已知道了。」

「當然。」

「那麼……」

「我不會介意你們在監視我的。你知道嘛，有你們在酒店保護我，我才可以安心入睡，沒有受到襲擊。」

「你們究竟是誰？」

「小姓麥，Mak。」斯文的遊客說完後，指着另一個體形較大隻遊客說，「他是 Kwok，就是姓郭的。」

「麥先生、郭先生，似乎甚麼事也給你們猜透了。」任飛龍說，「那麼，請問剛才拿着木棍的人，高姓大名？是你們二人的朋友嗎？」

「我嗎？」剛才拿着木棍的人，從天后廟走出來說，「許多人都稱呼我叫 Tony Cheung。」

「Tony Cheung 嗎？」任飛龍帶着疑惑的眼光說，「你就是出價五億美元想買鑑珍樓那幅地圖的人嗎？」

「我買地圖的事，本來是有保密協議的，但原來早就通了天。」Tony Cheung 笑着說，「我也不瞞你了，我就是買家。」

「你買不到地圖，就要去搶地圖嗎？」

「我沒有去搶地圖。」Tony Cheung 説，「鑑珍樓的失竊事件，不是我幹的。」

「你知道是誰做的好事？」

「大概是剛才那幫人幹的吧！」

「他們又是甚麼人？」

「我們不是犯人呢，」姓郭的遊客有點不耐煩地説，「而且，我怎知道答案？」

「我只是想知另一幫人，究竟是甚麼人？」

「我也想知道答案。」Tony Cheung 也帶點不滿的語氣説。

「你説你沒有偷地圖，但地圖不是曾經在你手上嗎？」任飛龍對着 Tony Cheung 説。

「我想偷地圖？你們應該清楚看到，那幫人在屬於我們的背包內搶走了地圖。」

「對，我們才是受害者。」姓郭的遊客也大聲地説，「我們的地圖被搶走了，還被他們襲擊。」

任飛龍沒有回應，情況確實有點混亂，誰是誰非，一時之間，根本説不清楚。

姓郭的遊客説：「地圖已經在你們手上的，請問，地圖現在又在哪呢？」

被姓郭的遊客提出質問，任飛龍等人只能默不作聲，被説得啞口無言。最後，任飛龍吐出一句：「地圖不見了。」

「你不要跟我説笑了。」Tony Cheung 用不屑的眼光望着任飛龍，「你現在説不見了地圖？我怎能夠相信你？」

「我覺得，我們自己去尋找地圖的下落，可能會更有效率。」麥姓遊客也帶點鄙視的目光，接着説。

鄔雅覺得形勢不妙，也知道任飛龍已招架不住，於是，開腔轉移話題：「現在，我們不如合作，想想辦法，一起尋找地圖的下落。」

「你認為我們有合作的空間嗎？」Tony Cheung 用諷刺的口吻説。

「合作的空間是有的。」任飛龍説，「如果我們一開始達成合作協議，那幫人怎會有機可乘？」

「是嗎？這點我並不認同。」Tony Cheung 打算離開天后廟説，「我們還是分開行動比較好。」

神秘遊客的身份

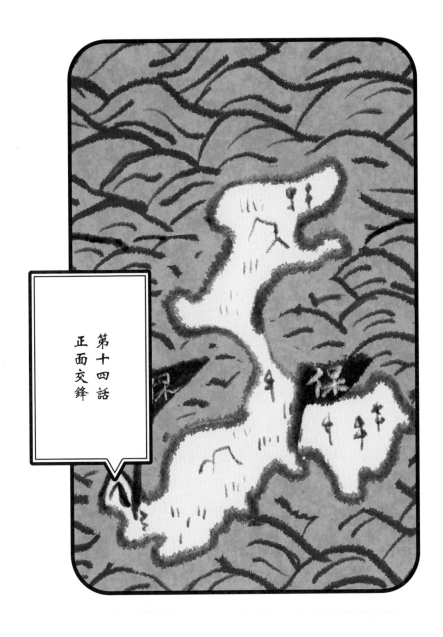

第十四話
正面交鋒

任飛龍一個箭步，走到 Tony Cheung 前面説：「無論你是否想合作，你還是不可以離開。」

　　Tony Cheung 推開了任飛龍：「為甚麼不可以離開？」

　　任飛龍沒有退縮，不打算讓步：「鑑珍樓不肯把地圖賣給你，所以你去了搶地圖。這才是鐵一般的事實。」

　　「不是。鑑珍樓只是想要錢，而我有的就是錢，鑑珍樓怎會不賣給我？」Tony Cheung 很豪氣的説。

　　「這也不代表你沒有去偷地圖。」

　　「你也沒有證據證明我去了偷地圖。」

　　兩個人，寸步不讓。

　　正當二人僵持不下之際，鄔雅大喊道：「你們看看海面，有幾艘船停在不遠處。在其中一艘船的船頭，有一個人，好像是村長。」

　　任飛龍把焦點移到船頭，確認了那個人正是村長。任飛龍大叫道：「你被他們脅持着嗎？」

　　村長沒有回應，但載着崔老頭的船慢慢開動，向着西灣渡頭駛去。

　　任飛龍和 Tony Cheung 一眾人等，不約而同的，跟着船航行的方向跑去。

　　西灣渡頭有一個停泊位，方便市民使用。渡頭的面積不大，但在渡頭上建了一個亭，叫「欣雨亭」，讓有需要人士在等候街渡時，不用日曬雨淋。

任飛龍等一行人來到了碼頭，站在欣雨亭前，看着載着村長的船在西灣渡頭前的不遠處停了下來。這時，船上有好幾個人從船艙走了出來，站在村長的身旁。

「他們就是那幫匪徒！」Tony Cheung 咬牙切齒説，「我跟他們共交手兩次，對他們有印象。」

「你被他們捉住了嗎？」任飛龍又再大喊道。

村長還是沒有回應。

Tony Cheung 破口大罵：「豈有此理！你們究竟有何目的？」

船上其中一個人説：「我們是來取回地圖的。無論你是搶地圖，還是用錢買地圖，總之，地圖不是屬於你的。」

「你説的沒有錯，是我用錢買回來的，但有甚麼問題呢？」

「這不是屬於你的東西，你只是用錢買了一份賊贓吧。」

「地圖是我的祖先留下來的，輾轉流傳下，不小心遺失了。我現在用錢買了回來，只是物歸原主。我這樣做，也是合情合理吧。」

「你真是一派胡言。這幅地圖怎可能是你的祖先所留下來的物件呢？」

「你憑甚麼説：這幅地圖不是我家的祖傳物件？」

「這幅地圖是海盜的遺物。你是個滿身銅臭的商人，怎可能是海盜之後？」

「海盜的遺物？」鄔雅對任飛龍說，「這幅地圖真的是張保仔的藏寶地圖嗎？」

任飛龍也覺得好奇：「我以為這只是小說、電影的情節，真難想像，我們竟然會遇上這種奇人奇事。」

「我滿身銅臭也可以是海盜之後。」Tony Cheung 指着那幫人說，「你把地圖歸還給我。」

船上的人訕笑着說：「為了得到地圖，妄稱自己是海盜之後，簡直是不知羞恥。」

「你知道我是誰嗎？」Tony Cheung 說，「我還可以在海上稱霸。」

「哈？你這個樣子就能稱霸？」

「廢話少說！你再不歸還地圖，我會把你的部隊剷平。」Tony Cheung 很激動地說。

「你有這個本領嗎？」

「就算你現在離開香港海域，我也有本事親手把你捉住。」

Tony Cheung 身旁的兩個遊客，跳到石壘上，脫去了上衣，露出身上的圖騰。

「這個紋身是甚麼？」鄔雅問道。

「不知道。」任飛龍擰擰頭，「我沒看過這個圖案。」

「你看，船上的人看到紋身後，也被嚇得呆了一呆。」飛鳳說，「這個紋身是海盜身份的證明嗎？」

船上的人望着圖騰，轉了温和的語氣説：「你們究竟是誰？」

「我是藍旗麥有金的後人。」姓麥的旅客表露身份説。

「我是黑旗郭婆帶的後人。」姓郭的旅客也道出自己的身份。

「麥有金和郭婆帶？」任飛龍聽後，望着兩個旅客，愣着了。

「誰是麥有金和郭婆帶？」

「這兩個人，曾是香港著名的海盜。」

「香港著名的海盜？我可沒聽過這兩個名字。」鄔雅一臉茫然的樣子。

「你不認識麥有金和郭婆帶，但一定知道 Tony Cheung 的祖先。」任飛龍的視線移到 Tony Cheung 身上，「難怪他這麼緊張這幅地圖。」

「你們是麥有金和郭婆帶的後人？」船上的人也感到愕然。

「如果你現在交出地圖，我可以原諒你。」Tony Cheung 也脱掉了外衣，露出類似的圖騰。

船上的人用雙手擺出恭敬的手勢説：「請恕在下有眼不識泰山，不知道張保仔後人也來了。」

「你知道我是紅旗張保仔的後人，還不把地圖交還給我？」Tony Cheung 不滿地説。

「我真的想不透，張保仔、麥有金和郭婆帶的後人，竟然聯袂成為一黨。你們祖先的恩仇，解決了嗎？」任飛龍覺得眼前的畫面，實在有點匪夷所思。

「我們的祖先的確有過磨擦，但到了現在，我們三人已是結拜兄弟。」Tony Cheung 說。

任飛龍望着眼前三位著名海盜的後人說：「二百年前，郭婆帶跟張保仔交惡，不肯出手幫助張保仔，還決定投誠降清。張保仔在勢孤力弱下，也領着部隊投降。最後，清廷讓張保仔出征攻打麥有金。其實，他們的祖先原本同是大海盜鄭一的手下，結果三人在鄭一逝世後，以拆伙告終。怎麼現在，他們是合作的關係呢？」

「我從沒有想過，張保仔的後人會在我面前出現的。」鄒雅感到有點緊張起來。

船上的人想了一會兒，還是沒有回覆。

Tony Cheung 深呼吸了一口氣說：「你手上應該有幾幅地圖，不如你給我一個價錢，全部賣給我吧。」

「你的祖先張保仔有俠盜精神，到你這個後人成為了商人，也是一副好心腸呢！」

「十億美元。」

船上的人擰擰頭。

「十五億美元，如何？」

「這個不是小數目，但我還是不賣的。」匪徒仍是擰着

頭。

「你這個人，貪得無厭。」麥有金的後人指着他們説，「你又偷又搶，可以換到十五億美元，你還不滿足嗎？你這幫人實在是欺人太甚了。」

Tony Cheung 示意姓麥的兄弟不要再爭吵：「錢財是身外物，不用如此緊張。」然後，Tony Cheung 對他們説：「對我來説，祖先的物件是最重要的，是無價的。我給你二十億美元，這樣滿意了吧。」

「二十億美元的確是個好價錢。」匪徒豎起拇指説，「你出手很闊綽，不愧是首領，有老大的作風。」

「二十億美元，成交了嗎？」Tony Cheung 似乎舒了一口氣，「這宗交易，我也很滿意。」

歷史導賞

郭婆帶

原名郭學憲（又稱郭學顯），活躍於華南水域的海盜。

據說，郭婆帶的學識較高，於十四歲時，全家被鄭一所迫，成為海盜。1805年，郭婆帶、鄭一、烏石二、吳知青、金古養、梁寶、鄭老童七位海盜首領，組成海盜聯盟。由於以鄭一的勢力最大，而被推舉為盟主。郭婆帶的部下船隊是用黑色旗幟，被稱為「黑旗幫」。後來，郭婆帶率領部隊，在歸善縣向清廷投降。兩廣總督百齡接受其投降，並授予官職。

在清末的《點石齋畫報》中，有一幅畫報叫〈綠林奇跡〉，當中有提到郭婆帶的事蹟，畫中在船艙內讀書的人，就是郭婆帶。

麥有金

又稱烏石二，同樣活躍於華南水域。

他跟兄長烏石大（麥有貴）、弟弟烏石三（麥有吉）組成海盜集團。

1805年，麥有金跟另外六位海盜頭目，組成海盜聯盟。由於麥有金的船隊使用藍色旗幟，被稱為「藍旗幫」。

1810年，郭婆帶和張保仔相繼接受招安後，麥有金曾跟有官銜的張保仔作戰。麥有金戰敗被俘，藍旗幫覆滅。最後，麥有金等人被磔死。

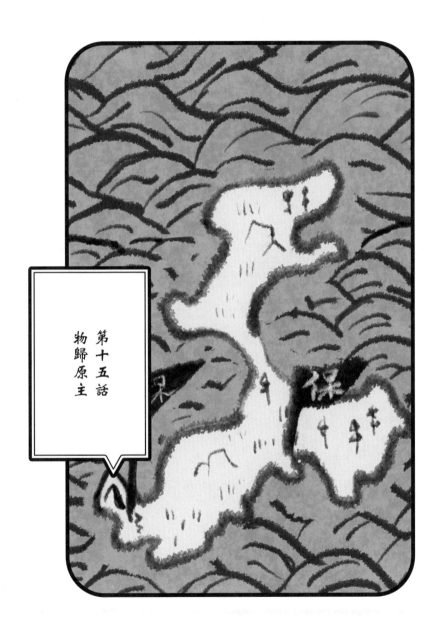

第十五話
物歸原主

張保仔、郭婆帶和麥有金的後人，現身長洲，為取回祖先張保仔的藏寶圖，跟一幫不知名的人展開了激烈的爭奪戰。

任飛龍、飛鳳和鄔雅三人，墮入了藏寶圖爭奪戰的漩渦。在鬥智鬥力之後，卻一無所獲。不過，他們三人現在作為藏寶圖爭奪戰的見證人，或許，是他們最大的收穫。

雙方為地圖交易看似達成初步協議，Tony Cheung 說：「二十億美元的金額太大，不可能即時提取現金，給我兩天時間，可以嗎？」

船上的人馬上交叉雙手，做了一個「X」手勢。

「我們一手交錢，一手交地圖，兩天時間也很合理吧。」Tony Cheung 說，「不要為這件小事而導致交易告吹。」

「不是，我是說二十億美元是不可能買到地圖的。」

「你實在太過分了！」郭婆帶的後人終於沉不住氣。

「我從來沒有表示達成協議。」船上的人堅決地說，「無論多少錢，我也不會賣給你。」

「為甚麼？」

「你說：『對我來說，祖先的物件是最重要的，是無價的。』是嗎？」

「是的。那又如何？」

「就是這句話，我決定要好好保護我祖先的物品。」

「你祖先的物品？簡直是荒謬。」麥有金的後人說，「你以為你是誰？」

船上的人和三位海盜後人鬧得面紅耳熱，坐在船頭一直垂着頭的村長突然站了起來。

「你不是被匪徒捉住了嗎？」看到這個場面，任飛龍感到很驚訝。

「你就是張保仔的後人嗎？」村長中氣十足的對着 Tony Cheung 説。

Tony Cheung 回應着説：「原來你才是這幫人的大哥。請問，你又是誰呢？」

「大哥？」任飛龍有點難以置信，自言自語地説，「意想不到，我竟然誤信敵人，還把地圖交托給他。這次，我真是聰明一世，糊塗一時了。」

「村長這副神氣的外貌，跟之前的老人家形象，實在有天淵之別。」鄔雅也覺得這有點出乎意料之外，「他那裝模作樣的本領，實在令我拜服。」

村長脱下外衣，露出了另一款的圖騰；在村長身旁的幾個人，也展示了自己的圖騰。

「原來你真的是海盜後人。」Tony Cheung 説，「請問你高姓大名？」

「我姓徐。一開始時，我自稱是姓徐的，不過，你們誤聽了是崔，那麼，我就將錯就錯，變成了崔村長了。」村長説。

「姓徐的嗎？為甚麼你説，地圖是你祖先的物品？」

「Tony，你對地圖解讀錯了。」

「錯了？」

「你手上的地圖，印有『地圖』二字，在鑑珍樓的印有『保』字，至於在鯉魚門的，則印有『亞』字，對嗎？」

「那又如何？」

「地圖是四幅的，還有一幅在我手上，印有『徐』字。」

「姓徐的嗎？」

任飛龍說：「莫非由四幅地圖所拼出來的字，就是『徐亞保地圖』？」

「你說的沒錯。你這個任飛龍，果然是比較聰明的人。」姓徐的海盜後人拍着手說。

「你是徐亞保的後人？」Tony Cheung 說。

「誰是徐亞保？」鄔雅問道，「怎麼全部都是海盜後人？」

「徐亞保，是海盜十五仔的手下。徐亞保和十五仔，都是繼張保仔之後，實力最大的海盜。」任飛龍說，「居於赤柱的徐亞保，曾經在赤柱殺過兩名英國軍官，被香港政府通緝。後來，徐亞保的船隊被擊沉，兵敗被俘，被判流放澳洲塔斯曼尼亞。不過，徐亞保於流放前，決定在獄中上吊自殺，了結了生命。」

Tony Cheung 聽到對方是徐亞保後人的話後，很豪氣地說：「如果地圖是屬於你的祖先，那麼，所有地圖全數送

物歸原主

給你了。」

「張保仔是俠義的海盜，他的後人也是快人快語。我很欣賞你。」徐亞保的後人笑着說。

「傳聞，徐亞保也是一名俠盜。雖然我的祖先沒有跟你的祖先交過手，要是他們生於同一個時期，或許，一定能夠成為好伙伴。」

「你送了我這份大禮，不如，我也送你一份禮物吧。」說完，他的手下向碼頭拋了一個木盒。

Tony Cheung 飛身一躍，把木盒牢牢接着，打開木盒一看，原來是一幅地圖。

「這幅地圖才是張保仔留下來的地圖。」徐亞保的後人說，「你送我地圖，我也送你一幅地圖。」

「這幅地圖是⋯⋯我祖先張保仔留下來的？」

「是的。」

「有這幅畫真好。」Tony Cheung 感動地說，「我還以為只餘下一幅《靖海全圖》而已。」

任飛龍望着 Tony Cheung 手上的地圖說：「這幅地圖不就是三婆廟的地圖？你把地圖偷走了嗎？」

任飛龍想上前奪去地圖，卻被麥有金的後人踢了一腳。

飛鳳和鄔雅二人擺出打架的姿態，準備上前搶走地圖。

這時，徐亞保的後人說：「你稍安毋躁，你聽我說吧。」

「你有甚麼話要說？」

「三婆廟的地圖早就被人換走了。」徐亞保的後人說，「這幅真跡，是我在四十年前，從一個小偷身上得到的。」

「三婆廟的婆婆知道此事嗎？」

「不知道。現在，她擁有的地圖是仿製的。由於仿製地圖的技術很高，那位婆婆沒可能知道的。」

「那麼⋯⋯」

Tony Cheung 說：「這是我祖先的物品，交給我保管，是最好的。」

任飛龍停了手，說道：「好的，地圖的事，我不管了。不過，我有點好奇，請問：你們手上的地圖，真的是藏寶地圖嗎？」

一眾海盜後人聽到任飛龍的提問，無不望着他，然後大笑起來，並沒有人作正面回應。

然後，徐亞保的後人大聲說：「各位，告辭了。後會無期。」說完，幾艘船駛離了西灣渡頭。

Tony Cheung 等三人，向着徐亞保後人的船隻揮手：「保重。後會無期。」Tony Cheung 等三人旋即跳上在渡頭旁的快艇。

任飛龍一個轉身，想截停 Tony Cheung。可是，他們早就循海路走了。

呆在渡頭的任飛龍見到這個場面，突然大笑起來。

「有甚麼好笑呢？」鄔雅有點莫名其妙，「我們花了這

物歸原主

144

麼多時間，結果甚麼也得不到。」

「他們全部都是海上霸主之後，我們真的要在海上跟他們比拼嗎？」任飛龍說，「坦白說，我們連絲毫勝算也沒有。雖然我們沒有得到地圖，連看地圖的機會也沒有，但竟然遇上了幾位香港著名海盜的後人，你說不夠精彩嗎？」

「精彩，真的夠精彩……」

「是的。我敢說，我這輩子也不可能再遇上這樣精彩的事了。」飛鳳也大笑起來，「這兩天所發生的事，實在太有趣了。不過，我還是想知道，究竟他們手上的，是真的藏寶地圖嗎？」

任飛龍也笑了一笑：「是否真的藏寶圖也不重要吧，反正，這些都是屬於他們的物件，就任由他們去處理罷了。」

正當他們三人在渡頭開懷大笑時，華勝街渡正向着渡頭駛來。在街渡上，有人大喊道：「我來了……」

任飛龍望向街渡，說：「這把聲音是……」

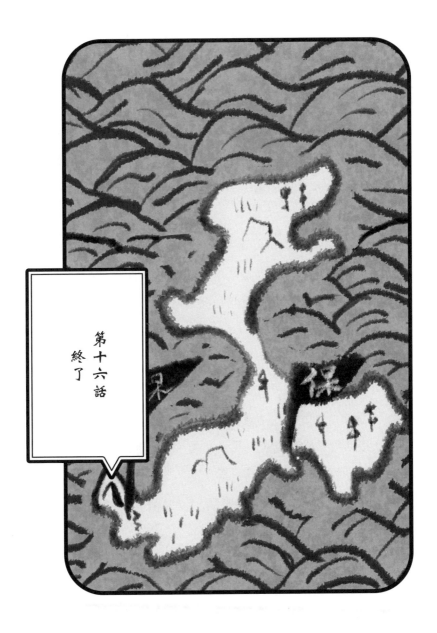

第十六話
終了

任飛龍把焦點望向街渡，原來在街渡上大喊的人，是司馬 Sir。

當街渡駛到碼頭時，司馬 Sir 下了船，說：「你們為甚麼在大笑呢？你們是否已經破了案？」

任飛龍沒有回答司馬 Sir 的提問，只是說：「我們要休息一天，然後到澳門找三婆廟的梁婆婆吃飯，再返回鯉魚門找鄭頭領談一談海盜的事。我有很多精彩的故事要跟他們分享。」

「你在說甚麼？」司馬 Sir 一臉茫然，「究竟調查的進度如何？」

「是的。你現在打算離開長洲嗎？」

「我剛剛來到長洲而已⋯⋯」司馬 Sir 繼續追問下去，「這樣完結了嗎？」

「事件已經結束了。」

「結束？」司馬 Sir 感到萬分無奈，「鑑珍樓的案件破不了，鯉魚門鄭首領的案件不了了之，連長洲的事也完結了？難道你要我當沒事發生一樣了嗎？」

「不如你也『隻眼開，隻眼閉』吧，」任飛龍笑着說，「不要想太多，我們下次見面再談吧。」

「那麼，地圖呢？」

「地圖已經物歸原主了。」

「物歸原主？誰是物主？地圖已送回鑑珍樓嗎？」一連

終
了

串的問號圍繞着司馬 Sir。

任飛龍笑而不語，然後任飛龍等三人登上街渡，乘着街渡向長洲公眾碼頭方向駛去。

司馬 Sir 坐在渡頭的涼亭，吹着海風，在目送着任飛龍三人離開之餘，也在思考着，究竟發生了甚麼事。

這時，司馬 Sir 的手提電話響起：「喂？」

「案件破解了沒有？」衝鋒隊隊員 A 說，「今天是我的休假日，可以前來長洲幫手。」

「不用了。」

「破了案？」

「應該是……破了案。」

「是你破了案嗎？」

「不是我。」

「是誰？」

「是他……」司馬 Sir 吞吞吐吐說，「是……神探二號。」

「誰是神探二號？你是指任飛龍嗎？」

「是，任飛龍破了案。」

「他是這麼厲害嗎？」衝鋒隊隊員 A 好奇地問，「如果任飛龍是神探二號，那麼，誰是神探一號？」

「曹達華。」

歷史導賞

十五仔與徐亞保

十五仔，是十九世紀的香港海盜。

十五仔聯同徐亞保，是繼張保仔之後，活躍於香港海域，而又擁有一定勢力的海盜。

據說，十五仔的部眾有三千多人，有六十四艘船，配置火砲千餘門。徐亞保的部眾有二千多人，裝備有戰船廿三艘，火砲十八門。這兩股勢力，對清廷和往來香港海域的商船，構成很大的威脅。

最後，十五仔被招降，徐亞保則在獄中自殺。

《靖海全圖》

《靖海全圖》是於十九世紀初，由一位佚名畫家繪畫的。這幅圖畫是記載清廷水師在大嶼山對出海面，圍剿海盜張保仔的事蹟，是一幅很珍貴的畫卷。

《神探一號》

《神探一號》是 1970 年上映的香港電影，由導演曹達華執導並出演主角神探。

這部粵語長片被喻為是曹達華最有野心的電影作品，邀請了大量知名的藝員出演，是當時的「大卡士」電影。

鳴謝

　　《神探二號之張保仔奪寶大戰》的初稿，早於疫情前已經寫好，經過幾年的不斷修改，終於在 2023 年底完成了。

　　感謝明報教育出版聰明館的賞識，讓《神探二號之張保仔奪寶大戰》得以順利出版。在此，要向聰明館編輯部一眾員工表示謝意，同時，也要感謝一直支持我寫作的阿谷賜序。

香港作家巡禮系列
神探二號之張保仔奪寶大戰

作　　　者： 徐振邦
主　　　編： 譚麗施
責任編輯： 吳諾祈
封面繪圖： 符津龍
書籍設計： 符津龍
系列設計： 張曉峰
封面題字： 尹孝賢

總經理兼
出版總監： 劉志恒

行銷企劃： 王朗耀　葉美如
出　　版： 明報教育出版有限公司
　　　　　 香港柴灣嘉業街 18 號明報工業中心 A 座 15 樓
　　　　　 電話：(852) 2515 5600　　傳真：(852) 2595 1115
　　　　　 電郵：cs@mpep.com.hk
　　　　　 網址：http://www.mpep.com.hk
發　　行： 香港聯合書刊物流有限公司
　　　　　 香港新界大埔汀麗路 36 號中華商務印刷大廈 3 樓
印　　刷： 創藝印刷有限公司
　　　　　 香港柴灣利眾街 42 號長匯工業大廈 9 樓

初版一刷： 2024 年 7 月
定　　價： 港幣 88 元｜新台幣 395 元
國際書號： ISBN 978-988-8796-64-9

© 明報教育出版有限公司

補購方式

網上商店
- 可選擇支票付款、銀行轉帳、PayPal 或支付寶付款
- 可選擇郵遞或順豐速遞收件

mpepmall.com

電話購買
- 先以電話訂購，再以銀行轉帳或支票付款
- 訂購電話：2515 5600
- 可選擇郵遞或順豐速遞收件

讀者回饋

感謝你對明報教育出版的支持，為了讓我們能更貼近讀者的需求，
誠邀你將寶貴的意見和看法與我們分享，請到右面的網頁填寫讀
者回饋卡。完成後將有機會獲贈精美禮物。數量有限，送完即止。

https://www.mpep.com.hk/hkwriters